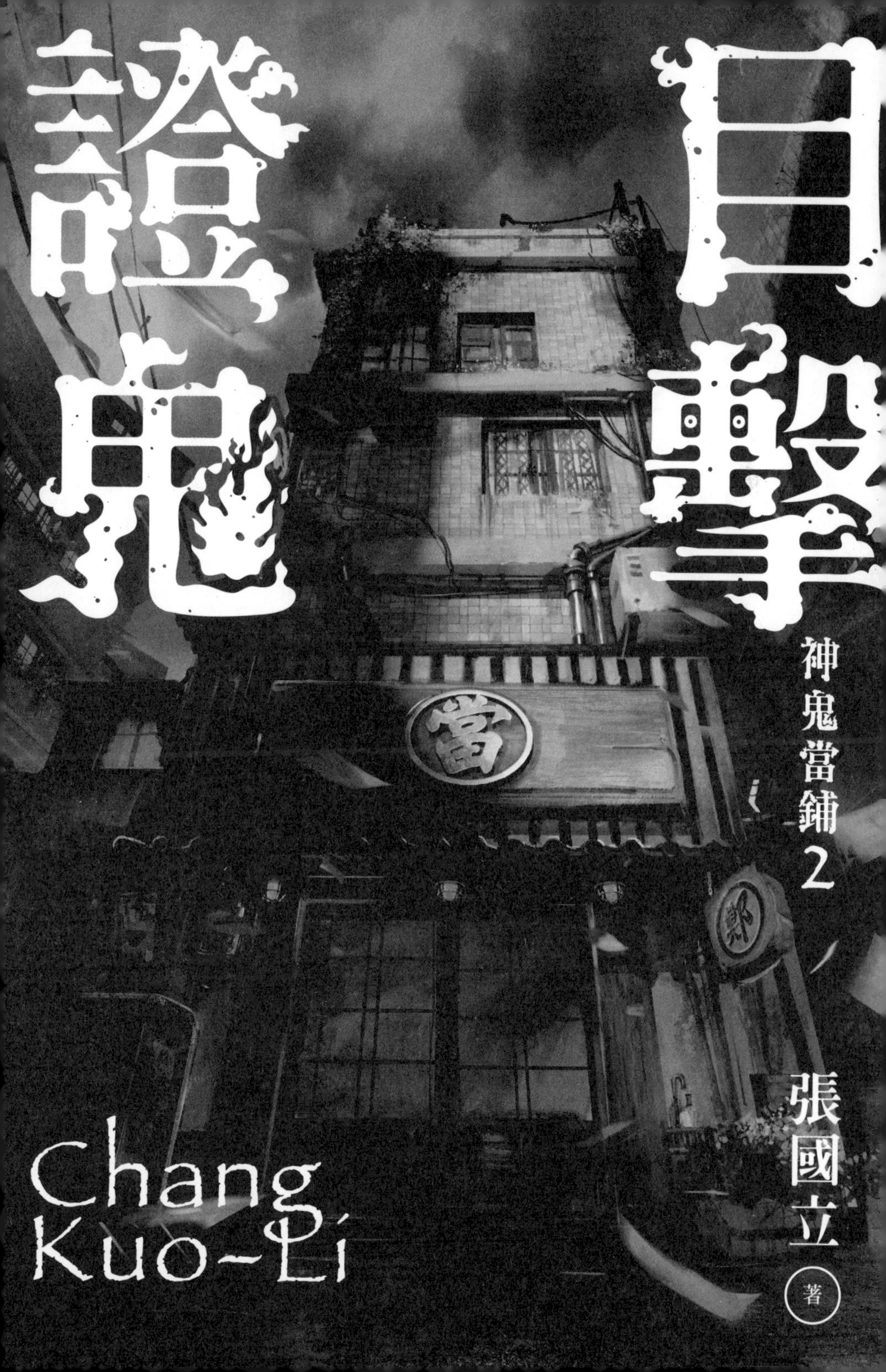

目擊證鬼

神鬼當鋪 2

張國立 著

Chang Kuo-Li

人物介紹

鄭傑生　十七歲高中生，綽號小傑，鄭記當鋪第九代接班人，但還在猶豫抗拒，而且懷疑爸爸死因不單純。

鄭鵬飛　小傑的爸爸，鄭記當鋪第八代老闆，猝死店內留下種種謎團給兒子，可是前妻好像略知一二。

竹內智子　小傑的媽媽、鄭鵬飛已離異的妻子，從日本返台要帶小傑離開，卻隱約感覺到前夫的呼喚。

羅　曼　小傑的死黨好友，爸爸是里長伯，拜師千歲宮黃阿伯。愛耍嘴賤，可是對喜歡的女生害羞閉俗。

羅　蕾　穿紅衣登場的神祕小女孩，食量驚人，語言學習快速，不知是人是鬼還是妖，只知道很得大人疼。

里長伯　羅曼的爸爸，連任八屆里長，鄭鵬飛、黃阿伯的老鄰居兼好友。

里長婆　羅曼的媽媽，復健科醫師，認養神祕小女孩羅蕾之後就不太理親生兒子了。

黃阿伯　千歲宮師公，羅曼的師父，鄭家的鄰里好友。

昺法醫　台北市相驗暨解剖中心法醫，參與多起死亡事件調查，篤信科學不信鬼神，但保持一顆好奇的心。

姚重誼　台北市某派出所二線一星資深巡官，這次要調查二十年前派駐坪林分駐所時受理的機車騎士失蹤案。

老　倪　台北市警局刑警大隊大隊長，負責偵查北宜公路不明骸骨案。

陳沐源　貿易公司業務員兼賣保險，許如玉的丈夫，二十年前在北宜公路返家途中遭逢車禍。

許如玉　陳沐源的妻子，丈夫出車禍那天正焦心地待產等他回家。

陳　然　陳沐源與許如玉的兒子，二十歲還處於叛逆期。

邱淑美　名媛貴婦，似乎與北宜公路上發生的事件有密切且關鍵的關係。

羅　伊　舊名羅本立，在商場人稱羅董，羅氏企業現任負責人。

目次

第一章

撒金紙
免抓交替

不然
祭出雨漸耳

二〇〇三年　北宜公路

　　被風吹得扭曲的灰色影子在雨中穿越山路，右側山坡邊緣的長排竹林隨風劇烈搖擺，一團刺眼白光忽然出現在車燈前方，踩剎車，野狼輪胎打滑，和車身幾乎呈T字形的前胎掃出弧形水幕。

　　看清楚，車燈照射的那團白光中間是名婦人。

　　婦人向他招手，穿白衣戴白帽，另一隻手抱著白布包的不知什麼。

　　用盡氣力扭轉龍頭向右，硬幣大小的雨水撲頭打來，剎車踩到底，車胎滑在水面，看清楚白光裡面的女人抱著嬰孩，聽得到風聲雨聲夾著嬰兒哭聲。

　　雨水打得視線不清，車子滑過女人身邊，一隻冰涼的手摸過他脖子，刺骨寒意鑽進毛細孔，野狼不由自主顫抖，無數金紙隨風雨飄擺，其中一張泛著似霧如水墨般光團飄至眼前，閃避不及，便貼在他安全帽中央。遠處響起雷鳴，轉角冒出時大忽小的灰影排成縱隊朝他掃來。

見．不．到．腳．的．齊．一．步．伐。

——＊＊——

北宜公路以九彎十八拐著稱，早上去宜蘭的途中他一再提醒自己不可超過五十公里的時速，其中幾次情不自禁飆至七十，幾個彎道的確險象環生，幸好新換的輪胎咬得住路面，野狼就是野狼，排氣管不時因加速發出爆音，風在耳邊，吹得眼淚從眼角拖至兩鬢。不到一小時即抵達宜蘭，因此他停在路邊撥手機給小玉，第一句話便喊：

「許如玉小姐，我成功抵達宜蘭，費時五十三分鐘。」

照例惹來小玉罵聲。

「每次叫我許如玉表示你心裡有鬼。」

只好陪上乾笑。

離小玉預產期還有三天，本來他想算了，可是阿姨介紹的客戶，不去不好意思。拉保險全靠呷好逗相報，第一趟跑遍電話簿上所有親戚朋友，第二趟就得靠第一趟跑出的客戶介紹新客戶。阿姨替他說服兩名高中同學，壽險、醫療險、意外險各來一份，宜蘭雖遠也得去。

兩位阿姨的問題多，他耐心解釋，再簽下阿姨們的先生、孩子，多出五張保單，回程晚了一個多小時才出發，往北經過礁溪，左轉進山路時飄小雨。山下小雨，到了山裡大概變成大雨，不過也不一定，前方兩輛重機以八十公里時速飆進彎道，激起的水花噴他一頭一臉。野狼雖老，一年多前全面整修過，沒聽說重機的防水效果比其他機車好，穿皮褲皮靴的重機騎士不怕下雨，騎野狼的也沒怕的道理。

拐進小金面沒多久雨勢果然轉大，天氣變得陰沉，雨衣失去防雨功能，黏在長褲，溼透的長褲黏在小腿，繃緊的小腿貼著發燙的引擎。

他停下好幾次為了擦眼鏡和面罩，山中霧氣重，說不定該停下找個地方躲雨，等雨勢小點再上路，不過拐了一個彎道，心想都過了一個拐，不如等下一個拐。過了第四個拐，又想已經走了一半，除了幾輛小貨車，路面空蕩，騎慢點就是了。

因此他順利通過九彎十八拐，再下去沒太多大彎道，到坪林叩小玉，趕不及回去吃晚飯，他在坪林吃，帶半斤包種回去送老丈人。

上坡時野狼氣喘得凶，應該換機油了。兩年前他忘記換，修車的說汽缸悶得爆炸，此後他每三千公里必換，這次因為小玉懷孕忙得忘記。抹了抹被水珠模糊的儀表盤，100002，剛破十萬公里，到坪林告訴小玉，破十萬咧。

那又怎樣？小玉會說。野狼跑的里程數能換算為加薪數目嗎？不能，他還是得趁跑業務的空檔推銷保險，不然買不了房子。

雨勢忽大忽小，大概受地形影響，有時轉個彎雨小很多，下個彎又變大，前輪捲起水花，一個多月前失神撞了牆，龍頭未歪，擋泥蓋斷裂卡住前輪，他拿大鉗子剪掉一截，不妨礙車輪就好，雨天比較慘，半片擋泥蓋噴泥水到前面車子的後座，被翻過幾次白眼。

黃色本田重機毫不示警即超過野狼，他感覺龍頭輕微的震動，兩腳周圍布滿蒸氣或是濺起的水氣，有如騰雲駕霧。

減速慢行，他提醒自己，不要跟本田尬，老婆即將生產，打在三檔耗點油慢慢走完這段坡路，反正機車吃的油少，跑趟北宜公路不到一百元。

記得來程見過坪林那裡的小吃店都開張，他餓了。早上十點出門到現在喝了兩杯咖啡而已，但簽到七張單子，林阿姨答應再介紹她的大學同學，沒多久他電話簿上的名單將破千，十年後破萬。跑保險的好處是時間自由，跑出的客戶也是自己的。學王副理兼賣其他商品，按客戶名單，酵素賣一輪，廚房用品賣一輪，叫小玉辭掉頭路回家包水餃，冷凍水餃賣一輪，蔥油餅再賣一輪。

小玉希望換汽車，二手車價錢便宜，地雷也多，找開計程車的大頭幫他挑，有了小朋友，到哪裡都得開車。小玉說，你不能再成天騎機車，危險。老人家說的，汽車鐵包皮，機車皮包鐵。

拍拍油缸，野狼野狼，你不危險，回台北換火星塞、剎車皮、擋泥蓋，你挺我，我更挺你，騎破二十萬公里。

野狼挺他。風雨中，它對迎面擦身而過的貨車發出怒吼。雨天開車最賭爛來車不看路面硬衝水窪，濺起的水讓對面車道的車子暫時失明。貨車大，了不起，以為公路是他家的。

雨下得愈來愈凶，山坡流下來的水洩進路面，像小河。快五點，天色和半夜差不多，路燈未亮，雨絲搖擺在風裡，他打開大燈，既為照亮路面，轉彎時也好讓來車看到。有些白痴不開車燈，省幾元油錢害對向車道的駕駛瞬間失去視線，每次遇到這種白痴他一定按喇叭警告，拜託，遵守公路道德有這麼困難麼。

小玉懷孕到八個月才請假待產，在她舅舅公司當會計，薪水照領，反正公司有五名會計。生下孩子有點傷腦筋，小玉媽媽願意幫忙帶，他媽媽更認為金孫理所當然由她帶。兩個阿嬤搶金孫當然是好事，問題在該給誰帶。小玉說選她媽媽比較好，生下孩子坐月子一定回娘家，順理成章。他父母可不這麼認為，堅持長孫非由他們飼到會走路不可，因為孩子的姓氏來自他家。

醫師說是男孩，怪自己嘴大，當晚對媽說了，她比中大家樂還興奮，甚至清了他以前的房間給小玉坐月子。這件事還不敢對小玉說，寧可忤逆老媽也不要惹小玉不高興，懷孕中的女人最大。

問過幾位朋友，老婆坐月子該去婆家還是娘家，得到彷彿神明賞的笑杯，對不起，別問我，你的家務事，自己想。

事情可以簡單化，小玉父母家在新莊，騎車去只要三十分鐘，他的父母住斗六，不可能每星期搭台鐵回去看小孩，票不好買，想到搶車票就頭大。

閃過一個大水窪，鞋子由全溼晉級為踩檔聽得到卡滋的水聲。

專心騎車，距離坪林雖不遠，看樣子下班前回不了公司，得打電話給主任，貿易公司客戶林小姐做事有名的拖，別人一箱抽五至十條電線檢驗，唯她每箱都要驗，不知道拆箱、封箱多麻煩。新聞上看到有位富太太返國在海關鬧脾氣「找你們長官來」，海關人員夠絕，旋開她每個香水瓶，抖開她每件衣服，檢查完畢，富太太一邊罵人一邊想辦法把每個瓶子蓋好蓋子再塞衣服進已經闔不攏的行李箱。報社的記者寫，旁觀旅客鼓掌叫好。

公司做電線，每年五、六月出的貨最多，趕去配各種聖誕禮品。請小曾陪林小姐驗貨，欠他一次。

不怕雨，怕風，騎機車走縱貫線的都知道，風吹得雨扭來扭去，大卡車經過掀起的風切尤其可怕。

他催了油門，瞇眼看前方，一輛小貨卡按喇叭超車，野狼閃了閃，還好龍頭穩定向前。離坪林近了，頂多再五分鐘，需要打很多電話，不能忘記斗六，早產幾天是常有的事，到時父母一來，和小玉家人強碰，死得最難看的是夾在中間的他。

過了九芎林兩三分鐘就是坪林，記得沒太大彎道，抹了儀表盤，油還剩四分之一，夠回台北。換到四檔加速，面罩上盡是雨水。眼睛睜不太開，瞇起眼，來車的車燈散成一團，像隔著毛玻璃看太陽。

對面大貨車又行駛在黃線中間，他壓低身子，龍頭朝右，人車與地面幾乎呈四十五度，閃過貨車尾端。過癮，好久沒彎道加速，就是這種感覺。

過彎道上半身朝左，地面飛起的水打得臉痛，一顆細石敲在方向燈，沒事，他以左手食指抹面罩，龍頭抖了抖，趕緊收回左手，雨勢太大又上坡，他減速到三檔，明明下午，暗得像夜晚，前方樹林閃現淡淡的燈光，坪林快到了。

可是，為什麼好像不管怎麼騎，燈光都遠遠的？對面駛來一列車體掛了花飾的小貨車，速度很慢，一下子所有聲音消失，他看著一輛輛小貨車經過身邊，最後一輛後面的貨艙沒有雨棚，一個男人坐大鼓後面，兩車交錯時，男人轉頭看向他，想到北宜公路的傳說，抓交替，車禍死在公路的鬼魂等著抓到交替才可以投胎轉世。

大鼓後面的男人沒有臉。

是他眼花了嗎？還是雨太大？出殯的小貨車行列無聲地駛過彎道。

他打了個冷顫，應該聽小玉的話，上北宜公路一定得沿途撒金紙，不成文的規矩。好兄弟呀，請拜受我的心意，我老婆快生孩子了，下次來一定補上這次欠的。不知為什麼，他最後補了一句：南無阿彌陀佛。

突然響起刺耳喇叭聲，後視鏡出現燈光，低矮的跑車想超車，叭他，嚇了一跳。打右轉燈讓路給BMW，有錢人的車大喇叭聲音更大，汽車保全險，駕駛保一千萬意外險，被撞到活該倒楣。他抓牢龍頭握把靠右，忽然身體一震，不要命了，BMW頂野狼屁股。

兩腿夾緊，龍頭稍微右移，不是已經讓你超車了麼，要超快超。又一震，BMW又撞野狼屁股，地面太滑，他下意識抓離合器踩剎車，真的太滑，他已控制不住龍頭，車頭來不及轉左，幹，腳剎車像踩空氣，早該換剎車皮。野狼離開地面往上迎向撲面打來的雨點。

二〇二三年

「七七四十九天，陰靈最徬徨的是前面三七二十一天，以為自己沒死，可是人來人去沒人看他們，所以至少要做頭七、二七、三七，讓他們明白，死了。過了三七二十一還不走，事情就歹處理了。」黃阿伯語氣沉重地對智子說，「你們還有十四天。」

——＊＊——

因此智子抵台第一天便趕著去靈骨塔看上週心臟病喪命的前夫鄭鵬飛，黃阿伯說親人探視遠比和尚道士誦經有效，安定死者焦躁的情緒。

「三天，」智子對兒子說，「收好行李，辦手續，跟我去日本。」

三七二十一天，不是三天。

「明天去日台交流協會辦護照，你是我兒子，聽我的。」

十八歲以下沒有人權，只有被監護的份。

「其他的事以後再說，你有兩個月時間學日文。北海道沒有中文學校，你進普通高中，我生的兒子，S——MAR——TO，兩個月足夠學好日文。」

十八歲以下還沒有抗辯的資格，同學羅曼的理論，十八歲以下不是人。

「不要怕日文，漢字很多。」

英文二十六個字母，日文有五十個音，多快一倍。跟媽說這個一定挨罵。

「台灣太熱。」老媽補了一句。

以前不說北海道太冷嗎？

全世界最難對付的是女人，老婆比女人更難對付。

誰說的？只有一個人會說這種話，阿爸。

他說，你好福氣，最難搞的女人是你媽，她只會寵你。

媽回家不問爸的死因，悶著頭拖地。過去幾天他睡同學羅曼家，屋內明明整齊得一如阿爸在世，老媽仍指東指西，好像小傑故意從學校運動場運泥沙回來撒，讓老媽可以有拖地的機會。

她拖地，小傑跟著抬桌腳、搬椅子，直到進了阿爸生前和她的臥房總算停止，她看著床頭櫃上的阿爸遺照很久很久。

「我差點忘記他的笑容。你選的照片？」

一星期前鄭記當鋪第八代繼承人鄭鵬飛於傍晚躺在櫃檯後，仰面呈大字形，離頭部不遠擺著一盞手掌大小蓮花造型玻璃燭臺，兩隻手掌旁則各一支傾倒的蠟燭，睜大的兩眼望著釘在屋頂往下垂的金屬吊飾。

法醫判定心肌梗塞，屬於自然死亡，結案。不過昺法醫承認沒人這麼躺好姿勢點了蠟燭再心肌梗塞的。當時店門內鎖，無其他出入口，小傑以鑰匙打開進去，室內沒有遭竊賊闖入的痕跡，找不出外力致死線索，最後只能如此結案。十七歲，過了暑假將升高三的小傑無力反對，也無法反對。暫時成為繼承人的第九代鄭記當鋪負責人，他連當鋪是什麼碗糕也搞不清。

「我選的。」他對已和阿爸離婚卻依然是他母親的竹內智子說。

智子手中抹布停在遺照前，隔了很久才抹了桌面和相框。

「以為他會活很久。」

羅曼說台灣人平均壽命八十歲，死亡原因以癌症占四分之一最高，鄭鵬飛體內沒有腫瘤，昺法醫說連青春痘也沒，但依然拉低今年台灣人壽命的平均值。

「要是爸活到八十歲，妳可能和他復合嗎？我是說八十歲以前。」

「他守著當鋪就沒辦法，我是人，人生下來是為了看世界。」

「什麼意思？」

「你爸生下來為了守他們家的祖傳鄭記當鋪，我生下來是為了當鋪以外的世界。」所以傳了三百六十年的鄭記當鋪是婚姻的障礙，他十七歲，得先繼承這個大障礙？

「短期賣不掉當鋪，鎖上門停止營業，準備身分證和出生證明，明天跟我去交流協會辦日本護照。反正當鋪從來沒賺過錢。」

媽還是以前那樣，說話沒有問號，滿滿不容挑戰的句點。

里長伯夫婦聽說智子回來，已經來過電話，晚上去他們家吃飯，羅曼傳來訊息，他媽燉了雞湯，滷了豬腳。

「靠，我家祖媽很少這樣請客，一下子叫我買醬油，一下子顧爐火，當恁伯卡好是奴隸。你們早點吃完早點滾，快被煩死。」

得先對媽解釋里長伯家裡為什麼多了個小女孩。羅曼早想好辦法，應該里長伯想的，羅曼頭腦塑膠做的。

「我爸說撿到，ＯＫ？人家撿到小貓小狗，我家剛好撿到小孩。不必驚訝，只是衰小，撿到黃金五百兩比較大快人心。小傑，從你繼承鄭記當鋪開始出了多少奇怪的事，是怎樣，你家當鋪帶駱駝賽，一坨比一坨大，營養好是不是。」

小女孩某個夜晚出現於當鋪地下室，小傑與羅曼分析過多次，地下室收藏櫃的戊壹壹肆抽屜內多出一隻小小的繡花鞋，冒出刺鼻的桂花還是什麼花嗆鼻的香味，然後他們看到穿紅衣的小女孩，五、六歲，說不定七、八歲，迄今為止沒開口說過話。顯然她和那隻分不清左右腳的繡花鞋有關。

本來應該算小傑的事，女孩出現在鄭記當鋪，可是莫名其妙變成羅曼的事，因為他媽媽擺明收養小女孩的態度，里長老公不敢有異議。

羅曼帶著繡花鞋跑了七間宮廟，未得到神明開示，連他師父黃阿伯的千歲宮千歲爺也只賞給羅曼代表神明笑而不答的笑杯。

「我連求七次喔，七次笑杯，我師父說不要再求了，神明表示冥冥中已有定數，你，多此一問。欸，我連拜七次，人的感情靠誠意，我誠意到這種地步，千歲爺不給明示，來個暗示也可以，小傑，恁伯我上有父母老哥，下，居然有老妹，人生還沒開始就已經扶老攜幼，揪甘苦。」

暗示什麼？

「暗示她是不是那個字。」

她不像鬼。

「你再說那個字看看，恩斷義絕。人在江湖，你客氣來，我 bee-ru 去，明天早上要相見，不要太難逗陣，對國家民族沒有好處。」

那晚僅超越時空的地下室戊壹壹肆抽屜開著，和小女孩一定有關。

也就是說小女孩是陰靈？

靠，羅曼不想再猜下去，他對那個字過敏。

奇怪，他能接受陰靈，不能接受鬼這個字，不是一樣意思。

鄭記當鋪開在舊公寓一樓的店面又破又爛，根據當鋪傳統，不得有窗，不得光線明亮，為此四十坪無隔間的店面除了三分之一由及胸短牆與牆上鐵柵欄隔出的櫃檯外，布置了屏風、衣架、短櫃，形成視覺障礙以保障進店客人的隱私。來當鋪的都怕被人看到，免得冠上敗家子綽號。

所有典當品儲存於地下室五排南北向的保管箱內，鄭鵬飛不幸過世，兒子鄭傑生是唯一繼承人，還沒空清理地下室到底多少個保險櫃，其中多少個裝了典當品或流當品，忽然，冒出穿紅衣的小女孩。

「欸，太陽光線分七種顏色，她可以穿任何顏色的衣服，穿紅色什麼意思，逼人太甚。」

羅曼對小女孩穿紅衣服很有意見，受鬼片《紅衣小女孩》影響。看完電影他叫小傑去他家睡覺，還在房間裡面貼了五道他師父黃師公畫的符。

過去一星期小傑打開過幾個保險櫃，試圖了解當鋪保管典當品的方式，事後必定慎重收好，免得日後搞混典當品，只戊壹壹肆沒鎖上，急著取出金飾、毛筆、戒指還給典當人，不，典當的陰靈，免得他們夜夜來鬧……鬼。

戊壹壹肆是個木製方匣，上面壓著戊壹零玖至戊壹壹參不同形狀的罐子、盒子、箱子，說不通為何造型不一的保管箱疊一起竟然變得寬度一致——至少看上去寬度一致，整齊畫一。

存進戊壹壹肆的典當品，兩年多前送來的，木製方匣卻有了年紀，四四方方，羅曼說像他阿祖那時代的骨灰罐，中央一個小方格可以貼遺照，壹壹肆中央沒有小方格，有個①旋鈕，把鑰匙插進Ⅰ，順時鐘往右轉，鎖便開了。

羅曼對戊壹壹肆的意見很多，小傑有自己看法，不管像不像骨灰罐，裡面外面沒有釘子痕跡，用卡榫把六片木頭精實地組成小箱子，說明出自年代久遠的工藝，那麼在阿爸放進三名陰靈與陽間聯繫的信物之前，櫃子內說不定已經先放了典當品的繡花鞋。

「繡花鞋，現在誰穿這種鞋。」羅曼用T恤包住繡花鞋，手不敢碰鞋子，免得沾上那個字。

「以前人的，很久很久古早人給女孩穿的，女孩死了，她的鬼魂躲在鞋子內被不知哪位陌生人撿到，典當進我們家當鋪。」

「不是『那個字』魂，靈魂，OK？再說那個字我一定翻臉。」

「不可能不小心撿到，誰會把一隻小鞋子送來典當。一雙比較說得通。」

「你祖先還是收了，他們到底想什麼。」

第幾代祖先收下的當品？有空再查爸留下厚厚的歷代典當紀錄，當前可解釋的是如果小女孩因為爸把其他典當品塞進同一抽屜，小傑打開門拿出典當品忘記鎖門，附於繡花鞋的小女孩就出來了？

他看著只有手掌一半大小的繡花鞋，凡送進收藏櫃的典當品必有當票存根，繡花鞋沒伴著竹片做的存根。

小女孩有腳，不怕太陽，走路和其他人一樣有影子，不符合對那個字的定義，那麼她到底哪裡來的？

他對媽提了里長婆羅媽媽最近領養一個小女孩的事，媽嗯了嗯，完全不好奇。他再說小女孩很會吃，好像一天要吃七、八頓，媽依然錯誤反應，

「小孩子三個小時餵一次。」

想說小女孩已經大到不吃奶，他沒說，媽抓著拖把和抹布進廚房繼續刷洗。小傑懷疑媽是不是想把爸留下的痕跡徹底消滅。

夫妻耶，睡同一張床，據說能共用一把牙刷，上廁所不必關門，媽不可能不知道鄭記當鋪地下室的祕密，問她繡花鞋的事呢？

里長婆和智子是好朋友，多年前智子腳踝扭過，復健科醫師的里長婆用蠻力喀嚓扳回來，不再痛，沒有副作用，證明暴力勝過科學。

智子個子高大，里長婆體重絕對超過里長伯，她們兩人相約買菜，據說市場內空氣緊縮，龍捲風快成形的氣氛。

提著送里長伯的日本酒、送里長婆的和菓子，一進羅家客廳，里長婆從廚房跑出來和智子兩手牽兩手不停地跳，以為她們才十八歲。小傑裝沒看見，羅曼露出實在不想講什麼的表情，倒是里長伯呵呵笑，

「媽媽回來，傑生可以回家睡覺了。」

小女孩已經坐在餐桌旁，面前是枚啃了一半的大肉包。

「她有名字了，」羅曼拉他到角落，「我媽今天早上做出決定，蕾蕾。」

「為什麼蕾蕾？」

「生我的時候，我媽決定如果女生叫羅蕾，沒想到又生男的，變成羅曼。本來是草頭蔓，我爸進戶政事務所登記寫錯字，被他老婆罵一生一世。我是羅家老么，伊咧，結果草頭蔓被砍頭，跑出個草頭蕾的老妹。」

「恭喜你有妹妹。」

羅曼用看到蟑螂的眼神狠狠瞄小傑，眼珠轉不停，像盯住蟑螂的同時，尋找最接近的拖鞋，

「妹妹？正在經歷。」

「經歷什麼？」

「兄弟仔，男生經歷很多事才能變成男人。」

小傑想不通多個妹妹和變成男人有什麼關係，幸好他習慣了，隨便羅曼愛怎麼經歷。

智子看來也喜歡羅蕾，與羅媽就此聊個不停，最先討論怎麼撿到，羅媽打屁一流，就差沒說從北車垃圾桶裡撿到。接著討論羅蕾的可愛，流彈不時掃到一夜變身哥哥的羅曼，智子說白白胖胖的臉孔多可愛，羅媽接話，不像養兒子又臭又髒，夏天衣服洗不完。智子說羅蕾胃口多好，長得像洋娃娃，羅媽接話，一天三餐加宵夜結果兒子還是又瘦又黑，浪費食物。

羅曼萎了，他開始經歷慘遭歧視期。

里長伯一路笑呵呵，搞不懂討好老婆還是也覺得有了女兒的滿足。

一件變化發生了，羅媽夾雞腿給智子，沒想到以前和爸分雞腿吃的她居然拒絕，

「我不吃雞。」

是怎樣，以前她不僅吃，還替爸買韓式炸雞。

小傑頗為困惑，到底以前媽為爸而吃雞，或是如今因為爸而不吃雞？十七歲的男生不宜想過於複雜的事，阿爸生前交代，順著個性往前走，有天自然知道往哪裡走。廢話，不往前走，倒著走嗎。

里長伯大概閒著沒事，竟提了最不該提的話題。

「你跟你媽去日本，當鋪收掉還是頂出去。」

「沒人要啦，」羅曼替小傑回答，「整間店擠滿那個字，哪個人敢頂。」

「不然怎麼處理？」

小傑偷眼看媽，沒聽到里長伯的問題，她和羅媽專注在羅蕾。一隻雞腿不知不覺被啃光，連雞皮耶，換成對付一大塊豬腳，小手小嘴盡是油，不能不同意羅曼，搞不好羅蕾真的是那個字，比較小的那個字，長大後才慢慢失去影子，慢慢沒有腳，走路用飄的，變成半透明的冰塊，夏天家裡不用開冷氣。

「當鋪由我媽監護，停止營業，明年我十八歲再說。」小傑覺得他得回答。

「老欸，去廚房盛飯。」

里長伯離開，留下問題由他兒子質詢小傑。

「你家在我們這個里，如果你去日本，整間裝滿那個字的當鋪留給鄰居當紀念，萬一半夜那個字出來擺爛，唱什麼總有一天等到你，誰負責？做人，要講江湖道義。還有羅蕾該由你負責，她來自你爸的店，找出相關資料請我師父唸經，諸神歸位什麼的。」羅曼表情認真。「態度，面對江湖，每個人得有起碼的態度。」

小傑第一次表明他對羅蕾的態度，

「你妹只有兩個問題，吃太多和不說話，其他的不重要。」

「我媽每天晚上跟她睡，那個字吸我媽的精氣，想害死我媽？」

真正的問題在於他們對那個字的了解太少，不知道圖書館有沒有《如何與那個字相處》、《辨識五百種那個字》、《收養那個字入門手冊》之類的書。千歲宮的師公黃阿伯本想替羅蕾作法驗證真實身分，被羅媽罵一頓，說不定他有對付那個字的天書什麼的，孫悟空持金箍棒把妖怪打成原形那樣。

羅蕾吃得睡著，歪頭嘟著小嘴。可疑，已經至少五、六歲的小孩不是嬰兒，應該帶她去公園溜滑梯、放風箏，最好送幼稚園，不是每天二十四小時餵食。

羅媽和智子聊起小傑的未來，智子打算花兩天處理完繼承和監護的事，帶小傑回日本，羅媽說房子值錢，看賣掉家還是當鋪，替小傑搞個信託，可以當大學的學費。

「你們家傑生功課比羅曼好多了，以後念碩士、博士。」

羅曼更悶，他低聲對小傑抱怨：

「你功課比我好多了？好多少，你數學五十四分，比我多兩分。你會日文？日本一堆大學拿獎學金請你？我媽就這樣，別人的小孩都好，自己的放牛吃草全廢物。跟你媽說，我也去日本，當她乾兒子。」

羅曼沒見識到老媽恐怖的一面，而每個老媽都一定有恐怖的一面，這是太陽下去，月亮升起的宇宙不變法則，如此刻她轉頭叫小傑：

「去替妹妹倒水。」

小傑踩羅曼的腳，

「我媽叫你去倒水。」

—— ** ——

他們坐在宮廟前陪黃阿伯吹電扇，進入六月後沒下過雨，廣場水泥地面到晚上八點半還是熱的。

「那個字的書？太多了，你們想看故事的，還是研究的？」黃阿伯抽著菸。

「和那個字的相處。」小傑指羅曼，「他擔心羅媽受羅蕾影響。」

黃阿伯搖早被熏黃的食指和中指，

「羅曼的八字和那個字不合，沒辦法相處，那個字看到他馬上繞道。」

「怕我？」羅曼拍胸膛。

「收不聽明的徒弟，當師父揪辛酸。繞道，聽懂沒？」

「為什麼繞道？」

小傑替黃阿伯回答：

「狗大便。」

人無法和鬼接觸，鬼才能。黃阿伯說明人死之後有段時間不太明確自己是否死了，想如生前那樣和家人接觸，發現家人根本不理他，頓時為自己的死感到不解和氣憤。這種情況常發生在意外事件，死者未預期死亡，自然不易接受死亡，也是抓交替的原因。

「那個字不甘願，我怎麼可能死？」黃阿伯誇張地形容，「明明游泳多喝幾口水，為什麼其他游的人沒死。」

「進入惶恐期。」羅曼插嘴。

經過一段期間，死去的人逐漸接受死亡的事實，關於靈魂的去處有很多種說法，普遍為人接受的天堂地獄說、轉世輪迴說，這兩者造就出許多宗教，道教與佛教皆認為人生布滿苦難，凡克服苦難而跳脫輪迴是修行最大的成就，成佛成仙。

也有一種死後的靈魂逐漸消逝的科學說，靈魂停留於陰陽兩界間一段時間，終於放下生時的執念，化歸塵土。

「進入掙扎期。」羅曼有其執念。

黃阿伯的道家理念偏向科學說，協助放不下的靈魂想通人生不過走一遭，有得意，有失意，既然死了就不該再想，安心離去。有些堅持不肯走，佛家唸經勸說，道家作法喚醒他們，終於有天他們醒悟，便走了。

說得像餐廳，啊你吃飽了，不買單還坐在這裡，是想吃明天中餐？

「那，」羅曼又轉起眼珠，「師仔，假如我們出生零歲，規定都八十歲生日當天死亡，中間不准有意外，世界上就沒鬼了？」

「使用期限。」小傑認同羅曼的看法。

「亂想，人又不是機器人。」黃阿伯呼了羅曼後腦杓，「要是像你說的，世界上沒有宗教，沒有寺廟，我失業了。」

啊，牽涉到黃阿伯一向受人景仰的職業，小傑閉嘴，不過羅曼非辯到你死我活。

「師仔說羅蕾有天醒悟她是那個字，哇哩咧就消失？」

「不能確定小女孩的身分。」黃阿伯慢條斯理試圖找出說服羅曼的理論，「不能確定她是妖或那個字，凡落至世間者，皆有來歷可尋。從鄭記當鋪保險箱出來，查保險箱。」

「保險箱只有一隻繡花鞋，阿伯你看過。」

「設法讓她開口，問問她的來歷。」

「到現在沒說過半句話，鬼不會說話？」

小傑被羅曼重重踩了一腳。

羅曼試過其他辦法，例如傳說鏡子不會照出那個字，他拿三面鏡子和黃阿伯的八卦鏡照蕾蕾，打出她原形，可是只照到她胖胖的身體和胖胖的臉、胖胖的腳。趁羅媽不注意，在她面前燒香，蕾蕾只打個噴嚏。帶她進千歲宮請神明鑑識，變成宮前廣場的小店輪流請她吃東西。

「女生長得可愛，到哪裡都有人請客。」羅曼口氣很酸。

「當初你生成女生不就好了，你媽高興，她高興了你爸也高興，你爸高興就懶得理你哥學刺青還是學刺繡。看，你的錯誤影響全家人的幸福。」

「我生錯性別嘍？」

「草頭蔓蔓，吃雞腿。」

「蔓你祖媽。」羅曼有了新主意，「如果在她身上貼『雨漸耳』呢？」

黃阿伯進宮開始他今天的誦經課程，兩人仍留在廣場，小傑想著去日本的恐慌，五十音就算了，還分平假名、片假名，有的漢字寫法不同，他十七歲，學英語六年，從沒搞清現在完成式和過去完成式差在哪裡，還要學日語？說不定天天被霸凌，日文不好被排擠成學校的邊緣人。羅曼則困於有了妹妹的煩惱，那個字的妹妹。

「有沒有可能羅蕾不是那個字，我們用『雨漸耳』貼她額頭，師仔不是說全世界最厲害的符就是『雨漸耳』，一試就知道。」

「你師父也說，」小傑從五十音裡跳出來，「咒語力量強大，羅蕾一時三刻化成血水。」

「雨漸耳這麼厲害？」

「天下第一符咒。」

羅曼摳新長出的青春痘，他一向不摳到出血不停止。

「不好，她又沒對我們怎樣，化成血水太驚悚。」

「剩下最後一個辦法。」

「快說。」

「鼓勵你媽用力餵她，每天買冰棒請她，估計三個月內她不吃爆才怪。」

不摳青春痘了，羅曼認真看著小傑，

「以前以為你白目，現在知道你社會敗類，她這麼小，害她吃爆。」

「不吃爆，至少每天餵澱粉和糖，吃到她腦鈍。」

「鄭傑生，你心實在太壞，如果不是學校教育失敗，就是你爸故意教你教到大家以為學校教育失敗。」

「不然咧？找黃阿伯請天兵天將？」

「傷害她等於傷害我媽，靠，你想怎樣，害我家破人亡。」

「你有辦法？」

「想個趕走她身體內的那個字的方法，幫助她恢復正常。」

「從那個字變成另一個字。」

「另一個什麼字？」

「變成人。」

羅曼頻頻眨眼，小學時他養成的習慣，里長伯以為他近視，結果是他神經不正常學阿三。阿三小四起近視戴眼鏡。羅曼好不容易戒掉的眨眼習慣回來了，眨了又眨，

「小傑，你終於說對了。」

「讓你老妹正常。」

「讓羅蕾正常。」

「你媽能放心收養你老妹，從此你哥學刺青，你混流氓，大家幸福。」

「收養羅蕾。」

「不能讓你妹十八歲前吃成包子人。」

「會發明齁，包子人，不行，我爸只是個里長，我家八代祖先沒遺傳土地和房子，她如果不停止吃，我高中畢業前羅家破產。」

「懂，不是周杰倫，不是西門町大車輪，我們把羅蕾變成為正常人。」

「搞嘻哈？你屌？」

——＊＊——

雖然老媽命令不可違背，小傑還是得整理當鋪，該鎖的、該清理的，把爸電腦裡的檔案傳去自己信箱，說不定去了日本可以好好研究。

學校放暑假，希望至少可以在台灣過最後一個暑假。打完籃球，直覺地，沒回家而是走向當鋪。

黃阿伯坐在店前長條板凳，要不是牆上圓框鄭一直發出顫抖聲，會以為黃阿伯抖腳抖到板凳地震。

原木雕刻的類圓形招牌，中央一個鄭字，爸說日本人叫它 MARU 鄭，台灣人叫圓框鄭。遠在小傑懂事，說不定阿爸鄭鵬飛先生懂事之前，圓框鄭已不容挑戰地存在，即使不是小傑的叔叔，至少也是阿祖。

「哥。」他喚了一聲。

圓框鄭像撞牆，叩叩叩。

「哥，不要撞了，撞壞牆壁事情揪歹處理。」

他對黃阿伯行軍禮，

「黃阿伯好，你來和我哥聊天喔。」

圓框鄭又撞牆了。

黃阿伯挪動屁股，拍拍移出的板凳空間，

「坐，智子回來了，你跟她去日本？」

「我媽這麼說。」

黃阿伯看著圓框鄭，看得圓框鄭很不好意思，快縮成三角形。

「既然這樣，明天我請幾道符，你從門口貼到——保險箱、窗戶、排水口、插座都要貼。」

「防那個字進出？」

「不知你和羅曼哪個更白痴。貼了防火防盜！」黃阿伯講話比大聲。「把圓框鄭摘下來，暫停營業。」

「我帶去日本。」

黃阿伯又看圓框鄭，

「小傑，你和你爸一樣，重感情。」

黃阿伯將他的寶貝羅盤放在兩人中間，

「看出什麼沒有？」

羅盤中間的針一直轉，不是順時鐘或逆時鐘地轉，一下順時鐘，一下逆時鐘地轉，像前面修機車辮子哥喝醉酒找回家的路那樣。

「亂轉。」

「對。」黃阿伯抬頭看當鋪，一樓的燈除非停電，依爸的規定，永遠要亮著，傳達店鋪的溫暖。「你們家的當鋪影響磁場。」

「店裡有吸鐵石？」

「意思相近，道理不同。店裡狀況不正常。」

「啊，阿伯是說我家當鋪鬧——鬧那個字？」

黃阿伯挑著左邊半白眉毛，

「你才知道你家當鋪鬧鬼？」

—**—

一樓如同平日那麼安靜，以前有隻壁虎，偶爾發出滋滋叫聲。爸說壁虎捕蚊蟲，該把牠當成家人，於是壁虎有了名字，小虎。黃阿伯的道教為泛神論，山裡有山神，樹長得夠老夠粗是樹仙，河有河神，井有井神，連千歲宮後面院子的自來水龍頭也有香爐，水神。鄭記當鋪內有一仙神明，地下室供奉的祖師爺馬援，鄭記當鋪卻有更多不在戶口名簿裡的戶民，圓框鄭算哥，小虎算老弟。

爸死的那天起，沒再聽過小虎叫聲。說不定天氣太熱，夏眠了，說不定小虎是神探，已經變裝去偵查爸的死因。

沒有聲音，當鋪不裝冷氣，沒有冰箱，幾個月前爸把燈泡換成LED的，連燈泡發出的電流音也沒了。

安靜，沁涼。店內與外面相差至少五度，外面坐五分鐘馬上流汗，裡面則不用開電扇。

本來想煮水喝咖啡，幾天前被羅曼喝光了。

黃阿伯交代要貼符咒，店裡貼得夠多了，櫃檯後面貼得厚厚一層，一張黏在一張上面，隨時可能掉下來，鄭記當鋪內的符說不定也是骨董，最底下那張猜有一兩百年歷史。

小傑拉起茶水間的塑膠皮地板，一步步走下水泥臺階，拉開牆上總開關，一下子如同白天，搞不清究竟多大的方形空間裝設五排圖書館式的不鏽鋼書架，從甲到戊，每排擺滿不同的抽屜或小箱子，說也怪，明明尺寸不一，擺進書架變得整齊。

不整齊，抽屜和箱子的門有的半開，有的全開，而且好像在小傑拉起總開關的那一分、那一秒，開開關關的抽屜立刻立正站好，空氣間流竄著焦慮，嗅得出聲音留下的尾音。他猛然扭頭，居然看得到一個小箱子快速關上門那瞬間留下的殘影。

黃阿伯說的對，鄭記當鋪鬧那個字。

一星期前小傑不相信世界上有那個字，可是他真的遇到，沒有證據的遇到，當時在場的目擊證人包括講話沒人信的羅曼、講話不具科學公信力的資深道士黃阿伯、雖然相信卻不肯違背信念同意那個字存在的
法醫、凡是不能出庭作證者一概不信的姚警官。

小傑本來怕，有了黃阿伯的「雨漸耳」，不再怕，況且，用羅曼的語言，欸，這裡是我兄弟的店，你以為是你的江湖啊，給恁伯閃。

站在甲排前面，沒有緣由，燈光一閃一滅，小傑確定台北的停電是全滅，不會預告地一閃一滅，他喊出咒語：

飛花落葉，虛懷若谷。

燈光閃滅速度增快，有如七彩燈。冷風在室內轉，龍捲風似的，吹得小傑不由自主打起哆嗦。

他從口袋內取出「雨漸耳」，用力抖開大喊：

日落月升，風靜雨止。急急如律令。

馬上，燈光恢復正常，連風尾也聞不到。

走到丙排最後面，祖師爺不帶表情地坐著，祂老人家是東漢光武帝劉秀的大將馬援，留下馬革裹屍的成語之外，意外成為當鋪業的祖師爺，可能和他名字的「援」有關，援助手頭困難的人。維基百科寫馬援的名言：

凡殖貨財產，貴其能施賑也，否則守錢虜耳。

點香祭拜，祈求將來能施賑，絕對不成為守財奴。覺得身後有人，他用最快的速度扭頭，沒有，什麼也沒有，空氣照樣清新，夜晚照樣寧靜。

檢查戊壹壹肆，高級木材製成長方形抽屜，長度大約小傑指尖到手肘關節，伸手進去摸卻摸不到底，實際長度遠超過皮尺丈量長度。上星期取出裡面典當品時，理應空了，沒想到當晚再摸，裡面多出一隻小小繡花鞋，接著看到紅衣小女孩，羅媽媽的寶貝羅蕾。

他臉頰貼著戊壹壹參的門，右手伸到不能再伸，沒摸到抽屜的底。拿阿爸留在角落的掃把，往裡面掏，明明一百公分長的掃把居然也沒觸及底部。

不甘心，小傑左手捏「雨漸耳」，右手順著方向摸戊排不同的門，走到戊零零伍，轉至丁排，燈光又開始閃爍。接近了，不管是哪個字，小傑幾乎聽到喘息和吐氣聲音。

他停在丁陸拾貳，比周圍其他門更冰涼，冰得快可以黏住小傑的手掌。

——＊＊——

這幾年咼法醫的工作量大增，忙得每天上班十個小時以上，台灣進入老年社會，從內政部的統計數字，出生的年年降低，活著的愈活愈久，六十五歲以上的老年人已接近百分之二十，將進入超高齡社會。他對來訪的記者說：

「我很快也要成為社會負擔，別怕，只要沒人叫我退休，保證做到令你們年輕人生厭的地步。」

財經專家關注勞動人口，社會學家關注扶養比例。老年人擔心三高，血壓高、血糖高、血脂高，年輕人也擔心三高，房價高、扶養人數高、未來退休準備金更一天比一天高。

「別以為平均壽命長我們法醫工作輕鬆，大錯特錯，老人多，死亡人數當然比以前多，沒看到靈骨塔生意比房地產更好。外科醫師改行做醫美，開小兒科診所不如買點器材做復健。」他眨眨左眼，「醫學界天大的祕密，off the record，我們法醫的生意將愈來愈好，潛在的績優股。」

女記者皺緊眉頭，可能誤會咼法醫的眨眼是眼皮抽筋，擔心他中風。

送記者到門口，

「記得，年輕養成運動習慣，活多久不重要，要活得健康。」

記者還沒上車，他已經點起菸。

這天他比平日更忙，女記者離去沒多久，來了未預約的訪客。進餐廳要預約，醫院看病要預約，連保養汽車也得預約，憑什麼找法醫不用預約？每次半夜接警員電話，昺法醫，來保安街一趟，九十三歲李先生剛走。口氣完全像買披薩，十二吋，多加鳳梨和墨西哥辣椒，兩瓶可樂，我現在開始計時，半小時內沒送到，你們公司規定不收錢對不對。

情緒不錯的昺法醫看計程車下來一位應該是女網選手，大約一七二公分，短袖襯衫與短褲，大小腿的肌肉比他在人體教科書看到的還清晰。

「你法醫嗎，我是竹內智子，小傑的媽媽，初次見面，請多多指教。」

啊，昺法醫趕緊熄了菸。

「敝姓昺，上日下丙，光明的意思。小傑媽媽好，tea or coffee？」

「我日本人。」

「想起來，小傑說過。お茶？」

和智子站一起，既瘦且乾的昺法醫覺得壓力大，趕緊安排她坐下，昺法醫不喜歡壓力，這是他捨外科醫師，寧可當法醫的原因。幾分鐘前他對女記者說：

「死掉的人好相處，開刀不用麻醉，剖腹不叫痛，還不用為開藥傷腦筋，家屬不上法院告我診斷錯誤。」

他去自動販賣機買了瓶裝茶待客，因為發現辦公室沒一個杯子看起來乾淨，一般人對病毒的抵抗力沒法醫高——沒昺法醫高。

智子沒見過法醫，顯得靦腆，幸好昺法醫好相處，尤其見到禮盒。

「鄭鵬飛的死因，小傑媽媽，我很難回答妳，依多年執醫的經驗，鄭先生死於心肌梗塞。造成心肌梗塞的原因太多，鄭先生遺體找不出冠狀動脈阻塞的證據，不過人類對自己身體的認知仍有限。」

他打開智子送的北海道六花亭甜點鐵盒，捻了一塊送進嘴，發出滿足的嘆息，很長的嘆息，小傑聽過，曾對羅曼表示昺法醫的肺活量可以潛水，光吐氣就能吐好幾十秒。

昺法醫不潛水，他不會游泳，甚至不泡澡，頂多泡腳，水淹到小腿是極限。每個人都有罩門，流氓怕警察，警察怕記者，記者怕流氓，總之，他安慰死也不提那個字的羅曼，人的世界無非如此循環式的折騰，人怕鬼，鬼怕道士畫的符，符怕無聊的傢伙往上面吐口水。

「從死亡現象判斷，固然不像心肌梗塞，也不像外力致死，躺在地面睡覺，忘記醒來罷了。本來我以為地面太冰冷，造成他急速失溫而猝死，可是台北氣溫三十六度，當鋪未裝冷氣，我摸過地面，比柏油路涼，比冰塊差多了，大約二十度，溫差不到形成猝死的地步。」

小傑聽說老媽要去看昺法醫，提出過警告，這位醫師人好，就是沒見到麵包，血壓上升，不講話，要是送去的甜點刺激出他的嘆息，講得又多到很難聽出重點。智子卻是擅長抓住重點的偵探，

「身體外傷，有嗎？」

「看不出，我和刑事局鑑識人員都不認為有外傷。」
「搶劫，有嗎？」
「小傑說店裡未損失任何物品。」
「其他疾病，有嗎？」
「健康，粉紅色的遺體。」
「鬼，你信嗎？」
「沒見過。」
「鬼，嚇死他，會嗎？」
爲法醫納悶許久，幹掉三片糖分過高的夾心餅乾，體內胰島素展開對抗行動。
「好問題，恐怕得問師公，我們醫師不信沒有科學根據的事。」
「隨便聊天，可以嗎？」
「當法醫這麼多年，檢驗過上百具心臟病死亡的屍體，小傑媽媽，死亡必有原因，不包括鬼。」
「他爸和祖父，死得比一般人早。」
「遺傳的事，沒人說得準，但ＤＮＡ的確影響一生。」
「遺傳，到了時間，就死了？」
「不可能，至少沒聽過哪個家族的基因限制在五十歲或六十歲死亡，到時間就得死的學術研究報告。不過，小傑媽媽，妳說的令我茅塞頓開，是個值得研究的專題。」

「鄭傑生，DNA嗎？」

第五塊餅乾停在昦法醫嘴前，他真的茅塞頓開了，原來小傑媽媽專程到辛亥隧道前的台北市相驗暨解剖中心送 OMIYAGE 給法醫，是為了兒子。

腦中閃過諾貝爾醫學獎，如果他專心研究死亡DNA，搞不好設計出計算死亡的公式，從此每個人預知死亡時間，就能先預約法醫了。

沒得到答案，智子鞠躬離去，留下六花亭與本來快樂如今壓力超過負荷的昦法醫。

記得千歲宮頑固的黃道士提過一個名詞，孽緣。道士主張因果輪迴，昦法醫寧可用人生黑數比喻，無法以現有科學數據表現出的隱藏陰影。

想到，恰當的形容是詛咒。小傑一家三百六十年前遭到詛咒？標準的進行順序是將死的女巫對鄭記當鋪第一代發出刺耳叫聲：

鄭鐵，我詛咒你和你的後代永遠活不過四十五歲生日。

女巫狠毒的詛咒穿越空氣，穿越鄭鐵肌膚和五臟六腑，鑽入靈魂，從此鄭家DNA內添了新元素。

超過醫學範圍的想像，接近玄學。不想找黃師公展開學術性討論，他撥了電話給姚巡官來吃六花亭，即使法醫也要回饋警員，否則他們把生意交給其他法醫。接電話的女警以甜美聲音回答：

「昺法醫啊，好久不見，甲法醫和乙法醫好嗎？」

甜美聲音轉變成尖銳狂笑。

「姚巡官正在忙筆錄，昺法醫急事嗎？」

「不急，請他有空回我電話。」

「好好喔。」恢復為甜美聲音，「昺法醫的事情都不急，我們夏天的警察忙到快中暑，派出所的冷氣壞掉找工人修，預約到下星期。好想念昺法醫的解剖室，一定冷到吸血鬼不想起床。」

昺法醫腦子打了幾秒鐘的結，吸血鬼不想起床，冷氣太冷？吸血鬼不是晚上起床，和冷氣有什麼關係？

掛了電話，昺法醫想到了，給這個女警下蠱，詛咒她。沒錯，無論科學多先進，永遠無法把潛在於人性陰暗處的邪惡數據化。

他終於完美解決第五片餅乾，如果醫學能分析出人的邪惡，剛才他想詛咒小女警的念頭該如何界定範圍？潛在下流因子第五級？

那個女警叫什麼名字？向黃師公買張符紙貼她腦門——不，貼自己腦門，免得下流因子第五級竄出意識。

——＊＊——

小傑握著「雨漸耳」，貼上丁陸拾貳以鎮鬼？

「雨漸耳」的正確寫法是「雨聻」，「聻」的發音同漸，「雨聻」是掌管日月星辰的道教四大尊神之一紫微大帝的一個名字。「雨漸」為名，「耳」是語尾助詞，強調存在性，慢慢發展為「雨漸耳」，畫符時後兩字連一起寫，成了「雨聻」，又因符是從上寫到下，看上去像三個字擠成一團。古人解釋：

人死為鬼，人見懼之。鬼死為聻，鬼見怕之。

鬼也會死，死了成為聻，連鬼也怕見到聻。小傑壓抑下好奇心，既然鬼死成為聻，聻死了以後呢？沒問，打斷長輩講話不禮貌。

八世紀的中國有位官員叫馮漸，因不適應官場文化，退休住在伊水，以抓鬼著稱，名聲傳遍長安城，有些人家鬧鬼便喊出他的名字，鬼嚇得立刻消失，日後演變為將「漸」寫在門板以驅鬼。

另一種說法，一位書生與女鬼章阿端發生戀情，有天阿端生病，像是被鬼附身。書生的大老婆斷定阿端生的是「鬼病」。書生不懂，阿端已經是鬼，怎麼會再被鬼纏上？大老婆說，人死後成為鬼，鬼死成為聻，鬼怕聻一如人怕鬼。

黃阿伯說完「雨聻」由來後，教了小傑「雨聻」的咒語：

> 夾上青雲蓋，左邊三點金，車動龍身現，斤字斬妖精，耳聽雷聲響，萬嚇化灰塵。吾奉太上老君急急如律令，驅走邪妖精。

紫微大帝就是太上老君的分身。

黃阿伯再三交代，千萬別濫用「雨聻」，免得誤傷鬼命。小傑想不通，鬼已經是鬼，為什麼怕誤傷鬼命。

「人死為鬼，人有好人壞人，鬼當然也有好鬼壞鬼。」

小傑記住黃阿伯這句話，因此猶豫一陣子，收回手中的「雨漸耳」。

丁陸拾貳是個不起眼的舊木製鉛筆盒，阿爸小時候用的，細長，蓋子卡進上面內側刻出的軌道。爸遺傳給他的文具之一，其他還有免削鉛筆、用了一半的哆啦A夢橡皮擦。木頭鉛筆盒不好用，七龍珠的小玩偶塞不進去，忘記幾年級的事，誰送了他塑膠布的防水文具袋，木鉛筆盒就被遺忘了。

原來在這裡。

鉛筆盒長二十五公分，寬七公分，夾在寬三十公分的陸拾壹和陸拾參中間。奇怪，抽出鉛筆盒，明明只有七公分寬，可是塞回丁排，又變為三十公分寬。

還有，抽出陸拾貳，陸拾壹未往下掉，明明失去支撐說。

這是鄭記當鋪少數沒有鎖的保管箱，因為沒人會偷裡面的典當物？

冰，冰到燙手，用棒球帽接住鉛筆盒，黏住手指那種冰，扔進帽子，馬上冒出淡淡很冰很冰的冰霧。

吹散霧，鉛筆盒蓋子畫了圖，懷念，小時候他畫的悟空。

T恤下襬包住手抽出鉛筆盒蓋子，有點卡卡，哈，原來被竹片卡住。裡面是兩根迴紋針、修正筆、一顆紙包的糖果和半塊竹片。

糖果？爸不吃糖，是小傑何年何月留下的嗎？

一小片剖半的竹子，和鉛筆盒高度差不多，難怪卡住蓋子。

鄭記當鋪的當票與眾不同，將竹子剖成兩半，一半是給典當人的當票，另一半為當鋪留下的存根，上面寫了毛筆字。這塊存根上的字是阿公寫的，每個字最後一筆愛往上勾。

收陳沐源破爛當品一件，為期二十年，典當金額新台幣二十萬元，月息三分，二十年後若未贖回，當於祖師爺面前燒毀。

癸未年七月五日

癸未年，二〇〇三年，小傑不禁失聲喊出：

「四天後滿二十年了。」

拿出手機計算本金加利息，驚死寶寶，不算複利，二十年可以拿回一百六十四萬元，發了。

空咚，一興奮，存根竟掉落至地面。

手捧著竹片，不是小傑不小心滑落，是竹片從掌緣跳出去。

撿起竹片，又落下，落地時冒出很冰的冰霧。

鉛筆盒之所以冰是因為竹片？那——

正想著，各種抽屜、櫃子、箱子的門全打開，發出卡答卡答嘈雜聲，搧動平靜的空氣，左右搖擺，上下舞動，燈光忽明忽暗，每扇門冒出不同濃淡的冰霧。

冷，小傑縮起身體，冷風滲進骨頭的那種冷。不好，想掏出「雨漸耳」，可是手伸不進口袋。手抖得既快幅度又大，簡直像搧扇子，別說口袋，連褲子也摸不到。
小傑轉身想去祖師爺前上香求助，無數隻看不見的手拉住他，邁不出腳步，張口喊，喊不出聲音。記起黃阿伯教過的另一咒語，他心中背誦〈殺鬼降魔咒〉：

天元太一，精司主兵。衛護世土，保合生精。

才唸四句，躲在陰間的厲鬼發出刺穿耳膜的叫聲。
小傑嚇得心跳到喉嚨。
攔阻他的黑暗力量一下子消失，整個人摔至地面，燈亮得正常，所有箱櫃的門關得嚴實，空氣平靜，祖師爺前的那炷香掉下最後一條香灰。
扶著櫃子站起身，替祖師爺重新上香，撿起鉛筆盒，放回竹片，塞回丁陸拾貳，他摸出符咒決定貼上丁陸拾貳，管他好鬼壞鬼，先殺先贏。嗶——
不是鬼叫，門鈴聲。
誰按鄭記當鋪的門鈴？羅曼一向按嗶嗶嗶，像送快遞的。黃阿伯只按嗶，一聲，顯示他是長輩，每按一下都頗花氣力。
嗶嗶嗶嗶嗶，連續五聲。

小傑抓緊「雨漸耳」至一樓大聲問：

「誰？」

「你媽啦。」

——**——

如果是羅曼，會回「你祖媽啦」。只有智子有資格回「你媽啦」。了解老媽個性，心情好的時候行為如少女，心情不好，有如本該下班卻被長官要求加班去攔酒測的女警。小傑見過一次，印象深刻，女警對駕駛說，喝酒了對不對，下車，不要抗辯，當心我以妨礙公務送你去見檢察官。駕駛下了車還想解釋自己沒喝酒，女警已經過肩摔把他摔在柏油路。拒絕酒測，試圖襲警，我配的警槍不是裝飾品。

老媽沒恫嚇兒子「當心我吊銷你駕照」，但動作接近。她進了當鋪兩手扠腰打量室內擺設，對玻璃櫃裡的派克鋼筆皺眉頭，伸腳踢偉士牌的前輪胎，如果羅曼在可以作證，玻璃櫃傳出細微到幾乎聽不見的玻璃破裂聲，而偉士牌明明氣飽飽的前胎居然噗地消風了。

小傑不驚訝，老媽有這種氣場，甚至覺得當鋪內連空氣都變得稀薄，H_2O 還是二氧化碳一律嚇得上升至屋頂，避免老媽殺無赦。

「你爸死在哪裡？」

不明確的問句，可以解釋為你爸死去哪裡，不然，你爸死在哪裡。

領她進櫃檯後，指向地面。智子蹲下撫摸，趴著檢查櫃檯下的空間。她應該沒找到老鼠、蟑螂。

看了看貼在牆上的一疊符咒，智子走進茶水間，

「把地板拉開。」

原來她知道地下室的祕密，她不是從不來爸的當鋪？

走進地下室，智子兩眼炯炯有神，小傑彷彿看到白沙灣旁海巡署辦公室屋頂的雷達，轉呀轉，忽然停下，飛彈噴出煙飛向海平線。

爸以前私下說媽是雷媽，傳說天上有雷公和電母，她是威力更大的雷媽，搞不好是雷公的老媽。

靠，他和羅曼爬梯子摘吊於屋頂的鑰匙，比對半天才打得開其中一個保險箱的門，雷媽不必，她一拳敲手邊的門，門就開了。這間詭異的地下室欺善怕惡。

「你剛才躲地下室忙什麼？」

智子吸鼻子，順著氣味走到祖師爺前面。她聞到燒香的氣味。

不，她不理會往後仰到快摔下神壇的馬援，回頭走到丁排，又吸鼻子，鼻尖停在

丁陸拾貳的鉛筆盒前。

「氣味很熟。」

桂花香嗎？不會呀，小女孩去羅家當羅蕾寶貝，這裡就沒那種嗆人的香味了。

「說，發生什麼事。」

「妳來以前，每個櫃子的門一起打開。」

智子一拳敲隔壁丁伍拾貳的門，那是個鐵做的飯店用小保險箱。不但要用鑰匙，還得轉號碼鎖。門開了。

鐵耶，門至少兩公分厚，她一巴掌打去，門便前後搖擺。

「這樣打開？」

小傑敬畏地點頭。他想，說不定阿爸是對的，男人幹麼想不開結婚。

「還有呢？」

「很冷，北極來的冷風吹進地下室。」

「你去過北極？吹過北極的風？」

當智子講出「風」，剎那間氣溫大幅降低，小傑感覺進了冰庫，全身發抖。智子打個噴嚏，也怪，氣溫立即恢復正常，不冷了。

小傑有了新想法，說不定老媽是道士，法術高強的日本道士，電視演的陰陽師安倍晴明不也是日本人嗎？搞不好她家祖先是陰陽師，傳了九代傳到她，累積數百年抓鬼降妖的本領，懂五百種咒術。

「還有呢？」

想說出羅蕾出現那晚發生的事，沒說，老媽神，她八成已經知道羅蕾來自那個字了。

「沒有了。」

智子從甲排兜到戊排最後面，回到丁陸拾貳前，小傑以為她的拳頭要敲鉛筆盒，沒，智子略微彎腰，臉湊到陸拾貳前冷冷地喊：

「敢嚇我兒子？滾出來。」

她為什麼挑得那麼準？

就在那句話說完，所有燈光又一閃一滅，所有的門打開劇烈搖擺，小傑甚至看到祖師爺也左右晃得快塵歸塵、土歸土。

然後看到丁排最尾端出現一個模糊，如隔著玻璃瓶的人影。

或者那個字影。

——＊＊——

昺法醫吃掉半盒六花亭，不知不覺吃掉，頗對血糖不好意思，打算燒水泡茶。他經常吃完甜點才想到該配咖啡或茶，又為該茶或咖啡擺盪好久，結果喝了水，燒水泡茶費事。這時手機響了，姚警官回電。

「昺法醫找我？」

「你們派出所那位女警叫什麼名字？」

「客訴喔，不要啦，我們警察夠甘苦。」

「我從不客訴，請警政署表揚她。」

「哈，替她謝謝你，不必表揚，她男朋友柔道三段，拜託銘記在心。找我什麼事？」

「忘了。」

「沒關係，正好我找你有事。」

「說。」

「前幾天大雨，北宜公路山坡滑動，今天上午挖出一副骨骸，送你那兒檢驗？」

「我很忙。」

「找到骨骸的家屬，猜怎樣？」

「小學畢業就不猜謎了。」

「家屬相信骨骸是她先生，有勞老人家驗一驗。」

「很忙。說過。」

「家屬手上有件東西，保證你不但同意驗屍，還會買公館水煎包跪著求我讓你驗。」

「除了老婆和關公，我誰也不跪。」

「家屬拿來半片竹子的當票。」

沉默了好一陣子，昺法醫用力咳嗽，

「水煎包，我買。」

「當票後面簽名的是鄭原委。」

「不認識。」

「鄭原委有個兒子叫鄭鵬飛，有個孫子叫鄭傑生，祖先叫鄭鐵。」

昺法醫咳得可以想像快咳出心呀肝的，

「好啦好啦，說好，跪可以，不磕頭。」

——＊＊——

事情發生在幾個小時前，凌晨三點多，台北一滴雨也沒，北宜公路從新店上山後不久，從細雨到傾盆大雨，中間相隔三分鐘不到。

正式名稱為台九線的北宜公路自從北宜高速公路通車後，車輛少很多，但變成飆車族的熱門地點，除了山道彎，和上下坡度變化大也有關，飆仔騎來考驗自己的換檔時機。過坪林，越過北勢溪不久，警車降速至三十公里，大燈、霧燈、警示燈全開，迎面穿雨幕而來的車輛有的甚至按喇叭警示對向來車，免得被白目少年仔炫女友的機車狠狠撞上。

從雨刷間隙，前方已擺出黃色的公路減速燈，管制人員站路中央，只剩一線道，右線道消失了一半。

停下警車，姚重誼與新北市警局的二線二星警官斜眼冒雨下車。斜眼的眼睛一點不斜，老是用眼角看人而已，不過人不錯，尤其記憶好，半夜他撥姚重誼手機，

「小姚，我記得你二十年前在坪林分駐所，晚上大雨，我開巡邏車，你叫我找公用電話。不，公用電話早拆了。那年不是土石流沖掉一段路基，小姚，昨天大雨，剛才接到通知，又沖掉路基。」

公路斷了起碼二十公尺，路基流失，暴露裂紋的柏油路面懸空掛著，隨時可能脫離飆車族眼中偉大的北宜公路，滑向看不到盡頭的深淵。

土石流爆發於昨晚深夜，公路單位接到通知是七個小時前，飆車族打一一〇報案，勤務中心錄下內容：

警察喔，緊來，北宜公路快斷了，聽有沒，北宜公路，幹，別走錯路，不是北宜高速公路。

新北市交通局交控中心的台九線監視器鏡頭有的被風吹歪，有的畫面不清，通知

坪林分駐所勘查現場。分駐所警車抵達坪林已知狀況不對，每輛來車都閃大燈，這是公路上駕駛彼此示警的方法。

果然不遠處的公路，已有一個線道不見了。

姚重誼趕上山，不到現場不知道，到了現場嚇一跳。三輛汽車和兩輛機車栽進山谷，新北市出動兩輛吊車、兩輛救護車、五輛小怪手搶救，據說搶救過程驚險，土石流雖不大，但未停止過，一輛小怪手被沖到山下，幸好人員無恙。

失事車輛已吊起，無人死亡，兩人重傷，五人輕傷，均送醫，不過怪手於挖掘過程挖出第三輛機車，以為是公路崩塌受害者，現場指揮官計算機車和騎士數目，兩輛機車，救出兩名騎士，那麼挖出第三輛機車，表示仍有一名騎士埋在泥漿之中。他下令，務必救出駕駛，怪手繼續工作，怕傷及人體，換成消防人員下去以鏟子挖。一個多小時後挖到了，卻是一副完整骸骨。

路旁搭起小帳篷，骸骨排在裡面的塑膠布上，消防人員運送時謹慎，已排出人形，姚重誼一眼掃過，看來一根骨頭不缺。直覺想到二十年前認識的一名女子，那天她生下第一胎，白胖的兒子。

第二章

大雨夾著
嬰兒哭聲

當票
和它的存根

二〇〇三年　北宜公路

一串急促的喇叭聲，大雨波浪狀打他面罩，每一顆雨珠撞成一小團水花，前方剩下車燈照射的光影，右手抓了剎車再放開，又想加油門但停下。後視鏡被刺眼白光照盲，他盡量靠右，可是公路邊緣是樹林，路燈依然未亮，高矮不一的鬼影扭曲著身形飄於車前。

車子猛地向前，他差點飛到油缸上。後面汽車竟撞了他後輪，野狼翹起前輪又重重落地。踩不到剎車，龍頭失去控制。

後視鏡閃過一條影子，他有過類似經驗，二十一歲夜晚騎車經過墓仔埔，扭頭時好像看到什麼東西閃過去，好幾次，覺得那是影子，但無法確定是什麼影子或者不是影子，只是風。聽朋友講過，鬼打量目標就這樣，動作很快，故意留下最後的殘影，抓受到驚嚇的人。還好那次他罵三字經。

停下，喘口氣再說，他必須移動腳尖踩剎車，抓離合器回到空檔。明明七月，為何氣溫低得像三月，身體凍得僵硬，脖子轉不動，手臂感覺不到手肘，手指黏於握把，抓緊剎車呀。抓不住，果然，前方有個晃動於路中央的白影，抱嬰兒的女人又來了呢？

懊惱未撒紙錢的念頭閃過腦海，外來的力量從車尾、後背，衝擊到溼透的手掌，撞他後輪的是低矮卻有兩盞狂傲大燈的跑車，刺眼的大燈射滿後視鏡。手指恢復知覺，兩手連離合器和手剎車一起抓到底，來不及打回一檔和踩腳剎車，野狼脫離地面飛進雨幕，說不出來為什麼，全身頓時放鬆，好像他故意拉起野狼翹孤輪脫離山路。

前輪飛越白衣婦人，她仰起臉看他，大雨從天空一個破洞處往下噴灑，原來雨並非全面地、平均地落下，而是從一個洞往下傾瀉。

想到小玉要他回程買阿默蛋糕，幾個月前她忽然喜歡吃阿默的乳酪蛋糕，像日本的長崎蛋糕，長條形，很甜。懷孕的女人一天五餐，蛋糕、肉圓、炒飯、炸雞，她這樣子吃了五個月，肚裡的孩子需要營養，肚裡的孩子打算吃垮整個夜市。

今晚若沒帶阿默蛋糕回去，她會嘟起嘴：又忘記，你到底記得什麼？記得妳是我老婆。

野狼飛在天空，輪胎繼續滾動，因為看得到前輪掀起的弧形水花，不過他不用再握住龍頭，放開手，拉起面罩，他甚至解開環釦任由安全帽隨風飛翔。這樣子滑行會在哪裡降落？新店的話，可以去買山東水餃，小玉從一餐吃五顆，到十五顆。他對小玉說，醫師有沒有搞錯，我看是雙胞胎。

撞他的ＢＭＷ跑車奔馳於北宜公路，只看見一盞車燈閃在黑暗的雨霧當中。它撞掉一個大燈，駕駛急什麼，也急著回家為懷孕的老婆買阿默蛋糕？好野人不吃阿默，吃西華飯店賣的法式馬卡龍，小玉以前也愛，五個月前起，她改愛任何形狀更巨大的食物。

前方下面一叢燈光，可能是坪林，到坪林就能停下休息，吃一碗榨菜肉絲麵，不然肉臊麵，滷味切大盤，順便撥手機回公司，對不起，雨太大，趕不及回去。再撥給小玉，簽到保險合約單了，尚未出生的兒子帶來財運。工廠的林三郎不跟孩子未滿月的朋友打麻將，娶某前，生兒後，財運太旺。

很久不打麻將，他快有兒子了，還沒想出名字，阿爸說他找算命的，筆畫要對，名字又得符合家族規矩，要有火字邊，乾脆叫炎焱，五個火，夠強吧。

野狼越過ＢＭＷ，原來汽車有天窗，祝他車窗漏水。對向車道遠方出現兩盞車燈，燈光照到十公尺外，大卡車，這種天氣開七十公里，他應該減速降落警告ＢＭＷ，再飆就撞卡車了。

ＢＭＷ撞到卡車沒，他沒機會見證，野狼急速落下，先撞到一片片巨大水牆，比國父紀念館前廊柱子還粗，沒踩剎車或轉彎地直接撞上，他與野狼往下墜，大雨澆他們頭上，把他們用力往下壓，快落到ＢＭＷ的車窗，等下跌進車內，他該說：拍謝，借搭順風車？

撞到樹枝，兩手往旁邊抓，掌心被刮破，痛得他收回手，血已滴到他溼且黏的長褲。血散在空中，血飄在雨裡。

——**——

他掉進樹林，一手抓住暴露於泥層外的樹根，野狼落在他下方，相距大約僅一公尺，卡在兩棵樹中間，如果抓不住樹根，他勢必落至野狼身上，山坡大部分的樹已傾斜，恐怕撐不住他和野狼。

左手握樹根，右手往上攀爬，泥土太溼，每抓一把只抓到滿手泥漿。雨水打得他睜不開眼，一隻腳踩到支撐處，可能是樹幹，挪動另一隻腳往溼又黏的山坡戳，希望再找到另一個支點。

雨愈來愈大，從公路流下山坡的水由小溪轉成瀑布，一下子再由清水變成泥，不好，這麼大的雨連續下一個小時，只怕形成土石流。

一腳一手勉強撐住身體，右腳在泥水中摸索。沒摸到樹幹或突出的岩石，腰部失去力量逐漸往下滑。

在雨聲、水聲、樹枝斷裂聲裡，聽到隆隆的地鳴，難不成這片山坡要垮了。聽到另一種細微卻尖細的哭聲，誰家的嬰兒？剛才路中央白衣女人懷裡的嬰兒？

踩著樹幹的腳尖滑動——不，腳下的石頭滑動，而且左手的樹根周圍噴出泥水，一旦地面被掏空，他只能設法減慢速度往下滑，盡量不要給野狼增加太多壓力。

野狼先他墜下，卡住車的兩棵樹一起隨土石流往下沖，未發出呼救，坦然接受命運。他的下方已成空的懸崖，一大片泥石給沖得不見蹤影。使出最後的力氣往上抓，這次沒抓到泥漿，一隻手，他抓到一隻冰涼、潮溼的手，水順著那隻手流到他的手、他的臉。

那隻手太滑，他抓不牢。耳邊聽到女孩喘氣聲喊：

「我拉，你想辦法挺住。」

女孩喊：「找繩子，快點找繩子。」

抓到金屬物品，女孩手腕的手環還是手銬。樹根鬆動，他得在樹根斷落之前爬上公路，皮鞋的鞋尖再次往山坡戳，左腳戳進一個小洞穴，踩實了，再來右腳，踢山壁，踢出另一個洞他就有希望。

另一波水勢極大的泥流落至頭頂，閉緊眼，他把身體重量移至抓女孩手腕的那隻手，得往上爬，他又聽到嬰兒哭聲。

二〇二三年

「抓交替幾項前提，意外死亡者，生前未準備好死的心情，留在原地徘徊，不知該往哪裡去。」黃師公吸吸鼻子，「見到進入他活動區的人，這些人大多陽氣不旺，處於驚慌狀態，鬼見了忍不住上去抱住，鬼可以轉世投胎，死的人留在原地徬徨不安，直到見另一個人闖進他的世界。」

黃師公對一臉不以為然的昺法醫說：

「最常見抓交替的地方是河流，淹死了。所以，你不游泳未必壞事，但不必不泡澡，你醫師你知，喝水也會嗆死人。」

姚巡官對面坐著瘦弱的中年婦女，頭髮剪到頸部，髮箍將額前劉海拴至中央，兩眼看著桌面紙杯裝的咖啡，即使姚巡官為她介紹昺法醫，也未抬頭。

「這位是昺法醫。」

「上日下丙，光明的意思。」

「她是許小姐，許如玉小姐。」

婦人仍未抬頭。

「上星期大雨，北宜公路土石流導致坍方，花兩天時間搶修通車，挖開的泥漿裡有輛機車和一具骸骨，我們根據車牌找到車主，陳沐源，二十年前，二〇〇三年失蹤，向警方報失蹤的就是許小姐。」

昺法醫這把年紀當然懂得分寸，未開口向姚重誼要咖啡，其實他需要，從辛亥路趕來，吃太多甜食，來點咖啡因對提振精神有幫助。

「許小姐的先生陳沐源於二〇〇三年七月五日去宜蘭，走北宜公路，當天大雨，沒回到家。正好——」姚巡官看了眼許如玉，「那晚她分娩，生下兒子。兒子對吧。」

婦人點了頭。

姚巡官顯得略微焦慮，站起身不停地兩手拉筋。

「二十年前，昺法醫，我和許如玉小姐也認識了二十年，剛分發到坪林分駐所，七月五日當地大雨，我值班，接到一個女生來電報案說北宜公路發生意外，我通知巡邏車，的確離坪林不遠有段山坡遭土石流侵襲，路基被掏空。五天後許如玉女士來到分駐所要求協助尋找她的丈夫陳沐源。」

昺法醫沒聽出事件和法醫的關係，但他脾氣雖不好，個性卻好，至少他約束自己該表現得比本性好，所以沒打斷姚巡官的懷舊。

「許女士在台北市報的案，由台北市警員陪同來到坪林，北宜公路經過搶修已恢復通車，我奉命開警車載她從坪林至宜蘭，再回頭開到台北，均未發現車禍或者陳沐源先生騎的野狼，當晚送她回家。」

姚重誼坐下喝另一紙杯內的咖啡。

「二十年來她未同意申報陳沐源死亡，按照法令，失蹤七年即可申報死亡。」姚巡官舔舔上嘴脣，「這是陳沐源依然列入失蹤名單的原因。我們按陳沐源資料尋找他遺孀，許女士搬家了，搬到新莊和父母同住，新莊的家已改建，花了些時間找到她，確定機車是陳沐源的，骨骸附近找到幾樣物品。」

姚巡官指桌面幾個塑膠袋，

「Nokia手機是陳沐源的，皮帶是陳沐源的，皮夾內的證件早腐爛，但皮夾經許小姐指認，也是陳沐源的。為求慎重，還是需要驗屍，主要考量為骨骸的左手幾根指頭斷了，也許被亂石擊中，不能排除人為的可能性。」

他拿起一個袋子，

「裡面是兩支手錶，男錶經許小姐指認，陳沐源的，至於女錶，附近未發現女性屍骨，可能不同時間被棄置、遺落在公路現場。」

大的塑膠袋裝機車車牌。

「車牌受到損傷，凹成ㄟ字形，初步研判，岩石砸到。」

姚重誼拍拍昺法醫肩頭，

「許小姐說她先生陳沐源一向騎車小心，七月五日離她預產期僅三天，陳沐源期待兒子誕生，騎車一定更當心，不太可能飆車，我覺得她講的有道理。」

姚巡官將手機伸到昺法醫面前，畫面是公路與一側的斷崖。

「機車若因雨天路滑，理應撞進右面樹林，你看，我們找到機車的地點是左邊山坡下，也就是說陳沐源的機車橫過公路落到另一邊。」

「不太合理。」昺法醫第一次發表意見。

「對，這是我們同意家屬要求，請法醫驗屍的原因。」

「非我？」

「屍體發現在新北市，由新北的法醫檢驗，可是家屬指定，許小姐上網查了很久，認為她可以信任你。」

許如玉總算抬起頭，

「麻煩昺法醫了。」

老昺清楚，許如玉未必上網查過，絕對是姚巡官要她找昺法醫。

「協助勘驗，昺法醫協助新北法醫，我打聽過，昺法醫和新北的李法醫是以前同事，交情不錯。除非昺法醫認為曾和李法醫有過節，欠五十顆生煎包，不願意與李法醫共事。」

驗屍是工作，被家屬指定，上級不會加發獎金，家屬送紅包，他也不能收，那麼姚巡官怕他太閒，設計他，還使出激將法，挑撥他和李法醫交情？

「許小姐放心，我全力以赴。」

昺法醫笑得怪異，拍身分證照片的笑容。

「水煎包和我得下跪的證據呢？」

許如玉驚訝地看向昺法醫，姚巡官則不驚訝，有點得意。

「許小姐，妳可以把竹片給他看。」

半片竹子，時間不太久遠，剖面的字清晰，背面仍蒼綠。

收陳沐源破爛當品一件，為期二十年，典當金額新台幣二十萬元，月息三分。

癸未年七月五日　鄭記當鋪鄭原委

「二〇〇三年七月五日。」姚巡官說。「我沒吃晚飯，派出所前面的拉麵網上評點四點一，你請客，我接受，跪的部分，暫時欠著，適當時機取回。」

昺法醫不理姚巡官，他重讀竹片上的文字，

「破爛當品一件，是什麼？」

他看許如玉。

她從包包裡拿出一個信封，中式牛皮顏色信封，中間是個寫收信人姓名的紅框框，框內沒收信人姓名，倒是左下角印了幾個字：

鄭記當舖　創立於明永曆十五年（一六六一年）

忍不住吹聲口哨，明朝永曆十五年，鄭原委先生挺傲的，年輕人看到永曆十五年不知什麼感想？蝦毀，永曆是什麼碗糕？

信封內空的。

老昊當然看拿信封給他的許如玉。

「二〇〇三年七月六日，這家當鋪的老闆鄭原委先生到我家，人很好，送我一個嬰兒衣服的禮盒，麗嬰房的，我兒子的第一套衣服。還有信封，裡面是二十萬元，另外就是這塊竹片。」

「妳先生陳沐源於二十年前七月五日失蹤，第二天鄭記當鋪老闆拿二十萬元和當票給妳。表示陳沐源是在七月五日去鄭記當了某件破爛東西，而妳先生七月五日一早出門，中午到宜蘭打過電話給妳，下午回台北，遇到事故，什麼時候去當鋪？」

「我沒問。」許如玉聲音很小，「我那時剛生下兒子又找不到老公，很累很慌，連信封裡的錢也是我媽後來點的。」
昺法醫看看自己左腕的錶，有日期的古早發條錶。
「什麼是破爛當品？」
「不知道。」許如玉回得直接。
左手臂伸長得快打直，老昺終於看清手錶上的日期，老花嚴重了。
「距離七月五日只剩四天，否則不管多破爛的東西也贖不回了。當票上寫的是這意思吧？」
「我要先查清我先生怎麼死的。」
換昺法醫看姚巡官，且語重心長，
「姚巡官，你們只剩四天，辛苦嘍。」
姚重誼當沒聽見。
「許小姐吃過晚飯？」老昺趕緊修飾他出口的語言，「我老人家沒吃晚飯，得請姚巡官吃拉麵，一起來嗎？」
「不了，得回去替兒子弄晚餐。」
「兒子幾歲了？」
「二十歲。」
昺法醫發出很長且拉著濃濃鼻音的「啊」。

姚巡官聽得懂，昺法醫覺得二十歲的兒子還要母親趕回家煮飯，實在那個。

「我兒子還在叛逆期。」她解釋。

叛逆和老媽為兒子準備晚餐，想不通其中關聯，但他既是醫師，又年長，表達了適度的關切，

「男生叛逆期長，我老婆說我到現在還處於叛逆期。」

昺法醫自說自笑，其他人連笑的意思也沒。

「可能謀殺案？」

他們排了半小時才擠進料理檯前的高腳椅，七個座位，一碗麵賣三百五十元，老昺對姚重誼發了頓牢騷，

「難怪如今沒人搶銀行，開麵店搶得更快，還不會觸犯刑法，頂多衛生法，易科罰金，限期改善。」

姚重誼沒接話，夾起影印紙厚薄度的叉燒往嘴裡送。

「你對許如玉有感情？」老昺夾起叉燒對著燈光照，顯然非常透光。

「講話不要亂槍打鳥。她年紀比我大，令我揪心的是兒子。」

「你罵我？」

「疑心病重，我罵你幹麼。許如玉兒子。」

姚重誼記得，二十年前巡完北宜公路送許如玉回家，見到許如玉母親懷裡的初生嬰兒。

許如玉說兒子來得太快，羊水剛破，計程車還沒到，就出來了。

父親失蹤日，兒子出生時，許如玉抱著兒子哭，他則不知該如何理清內心起伏不定的情緒。那年他二十六歲，一線一星小警察，未婚，女友於三週前甩了他。

屋內迎出來另一對老夫妻，原來是許如玉的公婆，從斗六趕來。六名大人看著一名嬰兒，不哭不鬧，兩隻小手握成拳頭。許如玉媽媽說這個孩子生下來時大哭過，以後不再哭。

小孩子要會哭，不然大人不知道尿布溼了沒，肚子餓了沒。許媽媽搖著嬰兒說，他不哭，醒來瞪著她，餵奶喝奶，不餵奶不吵。

那時姚重誼突然想，假設父親於七月五日死於北宜公路的事故，不久兒子較預產期提早三天誕生，會不會是父親投的胎？

想得雞皮疙瘩。

「父親投胎成了兒子？那年二十六歲的你見許如玉的寶寶想到這問題？姚巡官，鬼故事看多了，如果父親遇害投胎成了兒子，這名寶貝兒子不是該替自己報仇，到處蒐集證據找凶手，哪有時間搞叛逆。不過，有點意思，轉世投胎尋找凶手，可以拍成穿越劇。」

如今失蹤的父親遺骸出現，不穿越了。不宜更正昺法醫，免得引發辯論，昺法醫除了吃，最愛鬥嘴。

「說說疑點，假設陳沐源被謀殺。」

「我們於北宜公路來回搜尋好多次，未發現疑似發生車禍的現場，崩塌的山坡也沒找到屍體什麼的，不過二十年前七月五日那天我在分駐所值勤，記得清楚，女人聲音打電話報案，她說發生意外，我追問地點和什麼意外，電話突然斷了。」

「她掛斷？」

「不，敲擊聲，像公用電話的話筒掉出手，撞到周圍硬物，聽到男人喊叫，聽不清內容。」

「查過沒？」

「查了。我通知巡邏車，他們在坪林小吃店旁的公用電話亭找到隨電話線下垂的話筒。以前的電話機，如果撥話方不掛斷，收話端就無法撥出電話，其他人也打不進來。」

「對不起，您撥的電話通話中。」昺法醫很有經驗。

「巡邏車找到那個話筒，可惜沒採集指紋，學長掛妥話筒就走了。」

「你覺得二十年前如果採到指紋，能找到目擊者？」

「年輕，沒想太多，公用電話的話筒指紋紊亂，很難當成證據。可惜。」

「你講了兩次可惜，報警的女孩是目擊者，還是肇事者？」

「哎，昃法醫的子女幸福，不用擔心你老年失憶。沒找到人，我哪知她是目擊者、肇事者。」

「北宜高速公路二〇〇六年全線通車，之前往來台北、宜蘭非走北宜公路不可，車子多，你們怎麼可能沒找到目擊者。道路監視器呢？」

「沒有目擊者，監視器不多，恰好出現山崩的那段路沒裝設。」

昃法醫鼻孔吐出氣，象徵他對交通部的不滿。

「你認為陳沐源不是大雨裡騎車不慎撞下山坡，而是被人撞死？」

姚重誼大口吃麵，捧起大碗準備喝湯時稍稍停頓，

「一呀，大雨視線不良，路滑，發生車禍，肇事者逃離現場。二，發生擦撞造成雙方口角，其中一方臨時起意殺人，或者失手殺人致死。三，預謀殺人，追到北宜公路見天雨風大，路上無人無車，下手殺人。」

麵快吃完，老昃竟然叫了瓶啤酒，還要了兩樣小菜。

「喝口酒。」

「執勤時間——」

「不是叫你喝整瓶酒，**叫你．喝．口．酒**。」
喝了，很計算地喝了一小口，把杯子還給老昺。
「北宜公路發現陳沐源屍體，你在台北市，干你個屁事。說，為什麼管閒事還牽拖我驗屍，不會和許如玉搞曖昧吧。」

令姚重誼難過的是陳沐源的父母，那時陳父大約六十歲，陳母也五十六、七，髮根處露出白髮，可能來不及染便趕來台北，沒想到兒子失蹤後從此沒有消息。

想幫兒子、媳婦分憂撫養孫子的是陳父，他在中學教書，已經申請退休，家裡備妥嬰兒床。陳沐源失蹤，妻子許如玉悲傷過度，不久由娘家帶回新莊，陳父陳母不但失去兒子，還失去孫子。陳父一度想請律師打監護權官司，卡在許如玉不肯接受失蹤七年即認定死亡的法律，堅持要找回老公，於是陳沐源始終未確認死亡，孩子當然由母親撫養。陳父有次到台北順道探望姚重誼，說出老人的痛苦，他也愛媳婦，可是孫子是他的呀。

「沒想到，沒想到。」老昺感嘆不已，「許家不讓他們看孫子？」
「一個月一次，一次兩天，許家夠意思，歡迎他們住新莊家裡，陳老先生不肯。第九年，陳老太太病逝，老先生身體不好，就不來台北了。」

「叫他們孫子去斗六看阿公。」
「孫子對爺爺、奶奶沒感情，沒去。」
「許如玉不肯認定陳沐源死亡，她一直沒改嫁？」
「沒改嫁。」
「她沒錯，哪個媽媽肯把孩子送去中南部給公婆撫養，又是遺腹子、獨生子。你說陳沐源失蹤那天是他兒子的生日？」
「對。」
「算不算遺腹子？」
「算，法律上承認繼承權。」
他們吃完麵走到外面，巷子內依舊塞車，店外依舊排隊。
「還有個疑惑，」昺法醫咬著牙籤，「許如玉於二十年前七月六日收到鄭記當鋪鄭原委送去的當票和二十萬元，陳沐源在七月五日那天怎麼有空去典當？我如果記得沒錯，鄭記當鋪晚上七點才開張營業，你說北宜公路山崩是幾點？」
「我接到報案電話是下午五點十一分，我們得登記。」
「陳沐源早上十點出門，鄭記當鋪早上五點打烊。陳沐源出意外是下午五點十一分以前，當鋪還沒開張，你說，陳沐源哪來時間去典當，還指定鄭原委第二天把錢送去給許如玉。你上過當鋪沒？我年輕去過一次，當了鋼筆，當場拿到現金，沒隔天拿錢這回事。七月五日典當，七月六日拿錢，差一天，利息三分欸，當鋪自行吸收？陳沐源大方，多付一天利息？不通。」

「我沒想過。」

「好歹是個警察，你腦袋裡想什麼，該想的不想。」

姚重誼兩道濃眉上揚，

「你想怎樣。」

昺法醫掏出菸，外面落起小雨，他又收起菸。

「有個可能，陳沐源沒死，我是說沒死在北宜公路。」

「人呢？」

「陳沐源在北宜公路的交通事故撞死了人，為了逃避法律，把他的機車和撞死的屍體趁大雨造成的土石流，推下公路，他拿了死者遺物和身分證，從此變身為死掉的人。死者不知哪種遺物很值錢，當晚送去鄭記當鋪典當二十萬，請當鋪老闆鄭原委送給許如玉。」

「該說事情詭異。」姚重誼鬆開眉頭。

「的確。」

「幸好是鄭記當鋪，我們和老闆算熟。」
「他未成年，不是老闆，只是繼承人。」
「昃法醫愛看小說？」
「年輕人愛追劇，我愛看小說，不行？」
姚重誼也點了菸，把煙吐進雨絲。
「陳沐源活著，暗中守護妻兒。」
「夫妻連心，許如玉感應丈夫未死，堅持不肯申報死亡。」
「你驗骨骸馬上水落石出。」
「有些手續。」
「你說，檢驗屍骨身分是警方必要證據，我請許如玉提供她兒子頭髮。」
「萬一驗出來是你兒子？」
「昃法醫，這種玩笑別亂開。」
「我驗就是了。比起來，喜歡陳沐源還活著，轉世投胎那套，經不起科學驗證。」
「竹片在你身上？」
姚重誼從口袋拿出當票。
「我們走趟鄭記當鋪如何，小傑祖父怎麼會和陳沐源有關係，七月五日那天陳沐源已在北宜公路失蹤，怎麼可能半夜跑去鄭記當鋪，他有什麼東西能當二十萬？二十年前的二十萬，相當現在兩百萬。記得二十年前台北房子一坪不超過三十萬，如今多少，八十萬，一百萬。」

姚重誼沒回答，覺得曷法醫的世代和他的，頗有數字差距，忍不住和曷法醫對視很久。

「我們還是去一趟，反正鄭記當鋪晚上七點開張，小傑一定在，他媽媽回來了，你去正好。」

「為什麼我正好？」

「你不是對遺孀有興趣，小傑爸爸剛做完頭七。」

「曷法醫，你說話真的毫不在乎米蘭達宣言。」

「米蘭達說什麼？」

「米蘭達說我有權請律師，有權保持緘默，我還有權控告你誹謗。」

「哪天我請米蘭達喝酒，她人怎樣？」

——＊＊——

智子對著丁陸拾貳的鉛筆盒喊：

「敢嚇我兒子？滾出來。」

地下室燈光經過一陣閃滅，很快恢復正常，所有保險櫃的門關得緊緊，看不出一秒前激動地搖擺。空氣緊繃，小傑深呼吸好幾口，智子卻毫無缺氧跡象，兩手扠腰瞪著丁排尾端。人形的半透明物體慢慢滑至丁排與丙排中間，是那個字？小傑肚子裡幹譙，一個紅衣小女孩夠驚悚，又跑出來一個不知什麼鬼怪，這間當鋪他能繼承麼。

「裝神弄鬼，說，為什麼還在這裡？」智子對那個字絲毫不假辭色。

小傑轉而擔心那個字，他清楚老媽個性，諸惡莫作，眾善奉行，老媽的正氣若真如小說寫的氣沖牛斗，天堂早被沖爆。

「我說過，你隨時可以走，還賴在我們店裡做什麼？」

智子認識他！

那個字開口了，刺骨冷風吹得小傑打哆嗦。

「轉過身講話，你不感冒，別人會感冒。」

原來老媽了解那個字張嘴會讓人感冒。

「不收你房租，多少年了，到底為什麼不走？」

那團半透明體轉了個身，有點像面對牆角自閉的那個字，室內溫度頓時上升。

「走不出去。」那個字說。

「沒腳？你殘障？抬起腳走樓梯，走出去。」

「樓上貼了好多符。」那個字顫抖地說。

「符？」智子轉頭看面色蒼白的兒子，「你爸又找黃師公畫符咒？」

「爸說黃阿伯的符咒可以當保全。」

智子看了兒子左邊的臉，再看右邊的臉，檢查有沒有新長的青春痘那樣。

「你爸說的？那個小氣鬼。」

「就是。」那個字敢插嘴。

智子沒罵丁陸拾貳，

「黃阿伯的符咒威力哪種等級我不評論，早叫你爸裝監視器、警報器，不聽，鄭記當鋪這幾年的保全一直是他。」

他是誰？

「他？妳說那個字是當鋪的保全？」

「我是志工。」丁陸拾貳說。「兼清潔工。」

「誰叫你不走。」

那團半透明體扭動不停。

「等下，」輪到小傑了，「媽，妳了解阿爸當鋪做哪款生意？」

「知道一點。」

「妳之前見過丁陸拾貳？」

「見過。」

「罵過。」丁陸拾貳說話不看場面。

「叫你安靜。」智子罵。

「妳還要賣當鋪？」

「不賣怎麼辦，你是我兒子，不能成天和這些鬼東西混在一起，再說他們早該走了。」

「走去哪裡？」

「走去他們的世界。」

「這樣的當鋪誰敢買？」

智子努嘴，小傑明白，老媽努嘴代表她也不知道該怎麼辦。小傑滿腦袋的問題需要得到解答。

「至少我得搞清丁陸拾貳在我爸當鋪做什麼。」

智子口氣好多了，她問丁陸拾貳：

「對我兒子說，你為什麼來鄭記？」

「當進來。」丁陸拾貳小聲說。

「誰當你進來？」

「自己。」

「自己？你說你可以把你自己當給我爸？」

「你阿公。」

小傑當著老媽面前講羅曼式語言：

「你爸卡好，你把自己當給我阿公，而且我阿公神經錯亂接受你什麼咖小當品？」

智子安慰小傑，

「你不記得了，阿公人好，我嫁你爸百分之七十是因為阿公待我好。他就是人太好，你爸常說他什麼都收。」

丁陸拾貳扭動劇烈，

「什麼都收，把我說成垃圾。二十年，你們家掉過東西嗎，你們家看過蟑螂老鼠嗎，你們家淹過水被火燒過嗎？這種保全還被你們說成垃圾。」

「一件一件來。」智子去 7-ELEVEN 買了咖啡回來，給小傑買了冰棒。

「我出去幾分鐘，你們溝通清楚了？」

不清楚，丁陸拾貳窩在牆角，小傑新燒了一炷香。

「我對祖師爺上香說明，丁陸拾貳不是壞的那個字，不要抓他。」

「說吧，不要過來，坐那裡說，你太冰。」

小傑看看冰棒，再看牆角，相隔約五步，冰棒不但沒融化，上面結起了霜。那個字的威力不可小看，羅曼在就好，考驗他八字真重假重。

「妳陽氣太重。」丁陸拾貳說智子。

「我們日本人不算八字斤兩。」

「妳嫁給台灣人。」

「離婚了。」智子聲調提高，「我拿離婚證書給你看？」

「妳高興就好。」

「說。」

「二十年前的事。」

「我和他，」她看舔冰棒的兒子，「今天晚上專心聽你說。」

「壓力很大。」

「說。」

丁陸拾貳於二十年前的七月五日騎機車經過北宜公路，半路風大雨大，接近颱風等級，車子不易控制，接近坪林時見到穿白衣抱嬰兒的婦人，以前聽過是死在公路上的冤靈，找交替。丁陸拾貳忘記沿途撒金紙，加上氣溫降低，風雨又冷，他騎得頗心虛。

後面的汽車閃大燈逼他的機車，可是看不清前方路況，山路又窄，不敢太靠邊讓路，不過他減速也打了右轉燈叫後面的車超過去，不料追擠他的汽車竟然撞他車尾，連撞兩次，後輪被彎曲的擋泥板卡住，前輪翹起，車子斜斜飛下山路。

他溼淋淋爬到公路上，撞他的車跑了，只好順山路走，穿白衣抱嬰兒的女人在路邊向他招手，嚇得他用跑的，一路跑回台北。

跑了好幾個小時，離開北宜公路到新店，打電話，找不到手機，拿不起公用電話的話筒，他覺得不對勁。坐上公車更慘，身上的水滴到地板，和下雨差不多，可是沒人理會。他沒找到悠遊卡，司機也未叫他付現金。

忘記搭到哪站下車，到處逛，最後停在亮燈處。

「亮燈處？」

「鄭記當鋪。」

「我家當鋪在一樓又沒掛七彩燈。」

「店外牆上掛的招牌是整個市區最亮的燈。」

「你說圓框鄭？」小傑想不通，「一塊圓木頭，我爸沒在上面裝燈。」

丁陸拾貳沒回答，小傑突然明白，祖先為什麼晚上七點後營業至天亮，原來只鎖定一種客人。不會吧，這樣的遺產讓繼承人有夠糾結。

「後來你怎麼知道自己死了？」小傑發抖地問，不是因為那個字，因為冰棒實在超過冰的極限。

「我按當鋪門鈴，鄭原委開門，問我要當什麼。」
「你當什麼？」
「沒有心理準備，我只是不知怎樣走到當鋪而已。身上只有新簽的保險合約，幾百元，還有我兒子的照片。」
「兒子照片？不是還沒出生？」
「超音波掃描的照片。」
「我爺爺，鄭原委呢？」
「他請我喝一杯茶，上面冒煙，熱的。」
「喝茶重要嗎？」智子對那個字講話不直接進入重點很不耐煩。
「我喝了，鄭原委問我茶燙嘴嗎？不燙，一點也不燙。他問我衣服溼的，冷嗎？不冷，一點也不冷。他叫我看地面，我腳底下一團水，冒熱氣的水，是我喝的茶。鄭原委說，你該清楚你已經死了吧。」
「我爺爺講話那麼酷。我爸呢，我爸在店裡實習嗎？」
「那時沒見到你爸。」
「小傑，聽他說完。」
那團半透明的什麼腳扭得厲害，換成處女座的同學阿三保證上去把它捏直。

「鄭原委又問我要典當什麼，我沒東西可以當，只好說當我自己可以嗎？」
「騙肖。」小傑發出驚呼。
「鄭原委叫我站上一個秤。」
小傑想到一樓茶水間紙箱裡有個古早的桿秤，一根細的圓木頭，一邊是小盤，一邊是秤錘。
「你站進那個盤子？」
「對啊，你們家的當鋪很不現代化。」
「把你當幾斤幾兩那樣計算？」
「問有的沒的。」
「像什麼？」
「問我有沒有保險。廢話，我做保險，進公司第一件事就是為自己保險，意外險、人壽險、醫療險。」
「聽起來我爺爺比我爸精明。」
「鄭原委大概認為我有保險金，可以接受我的典當。」
「二十萬，多還是少？」
「我和老婆沒什麼存款，二十萬至少可以幫她生孩子、坐完月子。」
那個字說得抽泣，半透明體抖得快散了。

「你相信自己死了？」

「我站上你爺爺的秤澈底明白死了。」

「為什麼？」

「不知道。反正明白自己死了。」

「我爺爺把你怎樣？」

「本來塞進一個菸灰缸，再放到丁陸拾貳。你爺爺死後，你爸上班不抽菸，把菸灰缸丟掉，換成鉛筆盒。菸灰缸臭，鉛筆盒好多了。」

「你可以出來閒逛？」

「你爺爺說我成天關在菸灰缸不太好，他抽菸沒有菸灰缸可以用，讓我平常可以離開丁陸拾貳四處走動。」

「滾動。」小傑更正，「你動的樣子像滾。」

「隨便。我到處滾動，不能去一樓，你家當鋪可怕，不知貼了多少符，還有三百多年前的符，一張貼在一張上面，不信你去看，貼得像三層肉。」

小傑想不起三層肉究竟多厚。

「只好在地下室逛，鄭原委對祖師爺說過我的事，祖師爺懶得理我。」

「怎樣懶得理？」

「當作沒看見。」

「酷。」

「又酷？」

「我終於明白為什麼世界上有神也有鬼，本來神不是該抓鬼嗎，搞半天很多神假裝沒看到鬼。」

「你不喜歡鬼喔？」

「不是。人家不是說鬼在七七四十九天就得去——去你們該去的地方？」

「我以前沒當過鬼，不了解，反正鄭原委說當票期約滿了，我可以自由離去。我也說最好家人來贖當。」

「有差嗎？」

「說過，我沒當過鬼，也沒被當過。」

「我爸怎麼說？」

「你走不走？」智子不耐煩了。

「走不了。」

「我把一樓的符紙全撕掉，你可以走了。」

「還是不行。」

「我放火燒——」智子抽出丁陸拾貳的鉛筆盒。
「不可以，讓我再等幾天。」
「等什麼？」
「到七月五日我一定走。」
「七月五日。」
「當票上有，我和鄭原委的約定。」
小傑接過老媽手中的鉛筆盒，輕輕拉開蓋子，取出竹片交到老媽手裡。
「當票？」
「本店存根。」

收陳沐源破爛當品一件，為期二十年，典當金額新台幣二十萬元，月息三分，二十年後若未贖回，當於祖師爺面前燒毀。

癸未年七月五日

「癸未年是二〇〇三年。」小傑解釋。
智子舉起存根，
「燒掉存根，你不欠鄭記當鋪，可以走了。」

「不行，」小傑搶回竹片，「寫明七月五日才可以燒，本店的信譽不能亂燒。」

智子摸小傑的頭，

「你變成鄭家的人了，殘念，好好一個男生，遺傳我，長得可愛，被你爸毒害，腦袋裡灌水泥。那個死鄭鵬飛。」

燈光閃了閃，小傑說不出來怎麼回事，他居然聽到一樓外面圓框鄭撞牆壁的響聲。

「等到七月五日，今天幾號？」

小傑看手機螢幕，

「七月一日，可是今天快過完，還有四天。」

「我們等四天，等於幫丁陸拾貳一個大忙。」

「燒掉存根我會很慘。」

「多慘？」

「不確定，說過，沒被燒過。」

「我爸一家怎麼收容奇怪的傢伙。」

「不奇怪，我心願未了就被燒死，是不是夠慘。」

「什麼心願？」

「沒見到我兒子。」

嗶嗶。電鈴響。

所有保險箱的門又打開，左右上下地搖擺。

「誰？」小傑問智子，不過面對角落。

「保全，你說。」智子也看著角落。

「警察和法醫。」

「他們來幹麼？」

「我朋友，姚巡官和昗法醫。」小傑趕緊說明。

「去開門請他們下來。」

「不行。」半透明體有如跳彈簧床，在牆角上下竄。「我們最怕穿制服帶槍的和穿外科醫師服帶解剖刀的。」

果凍也有怕的。

「誰是我們？」智子聲音冰涼，可以和丁陸拾貳比。

——＊＊——

請昗法醫與姚巡官進店內喝茶前，圓框鄭比電動玩偶抖得更凶，不明白底細的人以為圓框鄭裝了馬達，故障的馬達。小傑體諒，對著夜色說得輕柔：

「哥，警察和法醫來，我們今晚不做生意，早點休息。」

安慰夠感情，圓框鄭還是抖，比之前和緩多了就是了。

姚巡官買的宵夜，昦法醫不是細心的人，或者他是習慣凡事接受的長輩。智子對兩人的態度和對丁陸拾貳截然不同，鞠躬感謝他們照顧小傑，再鞠躬感謝他們為鄭鵬飛之死費心，三鞠躬感謝他們帶來宵夜。日本女人一向注重禮貌，拿出兩盒日本餅乾回禮，小傑沒拉住，送昦法醫就好，不論他之前已經收過禮沒，何況送姚巡官等於送昦法醫，算法醫的惡勢力。

「看過這個嗎？」

姚巡官取出當票，竹片在擺設手錶的玻璃櫃上旋轉，直的，跳芭蕾舞那樣踮著一角圓弧狀旋轉。

小傑拿出存根的半片竹子，往玻璃櫃一放，居然跟著當票旋轉，雙人舞踏，轉的弧度增大卻不碰觸彼此。

昦法醫點頭，

「果然是當票和它的存根。」

智子左手捏右手置於腹部溫柔接話，

「昦醫師說的像契訶夫的小說書名捏，當票和它的存根。」

兩竹片旋轉速度減慢，最後「卡」一聲，黏合成一體。

姚巡官瞪大眼珠，

「這是什麼？珠聯璧合，兩情相悅？」

智子向他點頭，

「姚巡官的中文造詣高，燕雙飛，各東西捏。」

小傑必須解釋他母親仍難相信離婚沒幾年的前夫竟意外死亡，有些語無倫次捏。

姚巡官費了些時間說明二十年前發生於北宜公路的命案，死者陳沐源的屍骸交由昺法醫勘驗。

「當票寫的典當人是陳沐源先生？」智子問。

「是的，許如玉是陳沐源妻子。」

姚巡官再說許如玉向警方的陳述，和她於七月六日收到鄭記當鋪鄭原委送去二十萬元的事。

「鄭原委是我公公，鄭鵬飛父親，小傑的阿公。」

昺法醫拍手，他認為外國人無論國語多好，搞懂親屬稱謂的不多，小傑有位學識淵博的好媽媽。

姚巡官不懂陳沐源於死後仍拿什麼東西至鄭記當鋪典當，還當了高價的二十萬元。許如玉以為當的是陳沐源重要的遺物，本來要自己來問個清楚，但鄭記當鋪的經營方式很難令正常人接受，所以他找個藉口替許如玉前來詢問。

小傑不知該不該說丁陸拾貳的事，一位警官，一位醫師，講那個字的事不禮貌，說不定以為他起肖。智子說了一半，她說的是：

「我們在保險箱找到當票的存根，當事人也對我們解釋過。」

「當事人？」姚巡官問，很快改口，「請說，沒事。」

「當事人說他只剩下四天。」

昺法醫一手舉當票一手舉存根，

「我說吧，七月五日一定有意義。」

他們聽懂當事人的意義？

昺法醫叫大家休息五分鐘吃雞排，食物刺激腦部活動。小傑覺得奇怪，不是吃飽了愛睡覺，腦部停止活動？他懂事，沒吐昺法醫的槽。

這次沒按門鈴，羅曼開門闖進來，不知聞到雞排味，或聞到昺法醫味，

「你們搞趴喔，智子阿姨好，昺阿北好，姚叔叔好。」

昺法醫一邊嘬指尖上的雞肉屑一邊發出嘖嘖聲，

「羅曼同學變得優雅，找千歲宮老黃收過驚嗎？」

「外面說。」羅曼拉小傑。

「我有事。」

「你的事鼻屎大，我的宇宙大。」

因而圓框鄭不再晃動，偶爾改變傾聽的角度罷了，可能羅曼的故事令它平靜，可能它撞牆過度，扭曲了繫於屋簷的螺絲釘。

「張寶琳明天到台北。」羅曼激動地說，「小月說的。」

小月是氣炸鍋樂團的主唱之一，張寶琳的朋友，羅曼曾經哈小月，得知小月和主唱之二的志明在一起，失戀好幾天，轉而哈上張寶琳。這種故事小傑聽多了，A喜歡B，不過B喜歡C，A轉而喜歡B的朋友D，沒想到D喜歡C，有天B找A問他是不是喜歡她，如果喜歡為什麼不告白，B哪曉得A經過B至D的複雜轉換A又喜歡上不屬於這個朋友圈的E，但因為B不認識E，以為A不好意思表達，主動啵上去，豈料這時和A約好的E出現。畢竟小傑十七歲了，他見過的世界比大人想像中的大多了。

他以水波不興的情緒回答：

「她來，你請吃飯，不然咧。」

「不是啦，我不會說話。」

「你最會說。」小傑翻起白眼。

「別學我。」

「你嘻哈她，搖滾她，雷鬼她，超重金屬她。」

小傑聽到偷笑聲，嘿嗯、咯卡那種快悶死自己的偷笑。他瞄圓框鄭一眼，

「哥，cool down。」

「快點，我對小月說好，找她們和你去天母棒球場看悍將對桃猿的比賽，你幫我說話，兄弟一世情，到時你先和張寶琳打屁，我跟進。」

「找志明，我又不哈小月，我去幹麼。」

「求你，上星期我還收留你。」

「張寶琳夠辣？」

「兄弟有界限，不要超過，ＯＫ？」

「明天晚上？」

「五點，說好。」

小傑跳著走了，沒忘記向圓框鄭揮手，

「鄭哥，快樂喔。」

小傑不禁想，或許他不該繼承阿爸留下的當鋪，十七歲沒有煩惱家族事業的能力，該學羅曼只想女生的事。仰起臉看圓框鄭，

「哥，如果我帶你去日本呢？」

圓框鄭動也不動。

它不會日語吧，想到五十音，悶了。

＊＊

姚巡官分析一遍，陳沐源死於北宜公路的意外，現場起出疑似被撞成ㄟ字形的車牌、他接到女人聲音的報案、鄭原委莫名其妙送二十萬元與當票給許如玉，再再指向陳沐源之死涉及謀殺，但缺少線索，連目標凶嫌也沒。如今找到鄭記當鋪的當票存根，證實許如玉手中的當票不假，可見陳沐源死後曾至鄭記當鋪，想問智子，是否得知陳沐源之死涉及的冤情。

「你要偵訊陳沐源？」智子一針見血，「我問他，看他肯不肯，不是說神出鬼沒，他要是不肯，誰也找不到他。好吧，我威脅陳沐源出面見你，否則趕出鄭記當鋪，可是即使他作證，證詞能當成證據嗎？」

「不能，卻能協助破案。」

「我安排你和陳沐源見面。」

「能嗎？」

「別鬧了。」昺法醫吃光雞排了。

昺法醫一向主張科學是一切的基礎，現在的世界由隕石撞出來的，人類跟猴子有共同祖先，人死了就死了，死透透地死了。雖經歷一星期前安養中心三老人命案，見識過道術對戰頑固惡鬼，內心仍無法接受黃阿伯的鬼神說。

「小姚，小傑媽媽說的對，神鬼那套不適用真實世界，你們警察要的是硬邦邦的證據。」

「我必須給許如玉可以接受的結果，她等了陳沐源二十年，未再婚、守著陳沐源兒子、拒絕申辦陳沐源死亡證明。她能見陳沐源嗎？」

「昺醫師不信陰靈的存在？」智子略過姚巡官的問題。

「我醫師，只相信證據，如果像你們說的神呀鬼的，我解剖屍體幹麼，去千歲宮擲杯找原因就好。不要破壞醫師存在的意義。」

「聽不懂。」

「人沒有來世還是什麼說不通的死後世界，醫師救治病人才有意義，因為他只有今生今世，死了，沒了。要是死了有其他的，更美好的，那不如——」

「放給他死。」姚巡官下結論。

「一個問題。」智子心思不定地說，「假如他現在——陳沐源的鬼魂站在你們旁邊，你們能對話？」

姚巡官身體抖了一下，昺法醫抖得如用了五十年的大同牌電扇。

「他在嗎？我們旁邊。」

「不在。」

「妳能叫他到我們旁邊？」姚巡官追問。
「說不定，看他自己的意思，不能強迫，我記得法律名稱叫強制罪。」
姚巡官和昺法醫交換包含許多心照不宣的眼色，
「不試不知道。」
「請你們閉上眼。」
姚巡官與昺法醫聽話，閉眼，閉得很緊。
「閉眼簡單。」昺法醫說。
「等下睜開眼睛就掙扎了。」姚巡官說。
智子轉身進櫃檯、進茶水間、下樓，站在丁排與丙排中間的走道喊：
「他們要見你，丁陸拾貳陳沐源，你冤情對他們說。」
未得到回應。她火氣上升，智子和大多數女人一樣，脾氣有其平均指數，最恨男人故意裝作沒聽見。
走到丁陸拾貳櫃子前，她敲丁陸拾壹，隔幾秒再敲丁陸拾參。
「裝死沒用。」智子醒覺用語錯誤，馬上更正，「你根本死了，裝沒聽見沒用，剛才你聽得到我和小傑的話。出來，別躲，我公公，你前前老闆鄭原委常說，伸頭一刀，縮頭平平也一刀。陳沐源，面對現實。」
話未落定，地下室起了股沒來由的旋風，捲起祖師爺前的香灰從丙櫃尾端鑽進甲排與乙排中間，從乙排與丙排中間竄出。

「聽話。」智子放緩語調，「一次說清你的冤情，我站你後面。」

旋風變小，每一圈甩出一個拖很長殘影的字：

他—有—槍—他—有—針—

智子被旋風包圍，對於下午進美容院洗過的頭髮被吹亂顯得不太高興，

「隨便，記得，你僅剩下四天。」

瞬間風停。

智子上樓對兩名等待的客人說：

「一個警察，一個醫師，他不敢見。」

「警察討人厭，當然討鬼厭，我是醫師，救人的。」

姚巡官沒嗆回去，醫師了不起，有本領，救鬼呀。

昪法醫在手機螢幕滑了幾滑，

「問了千歲宮黃師公，媽的，得到不是答案的答案。」

「不是答案的答案也是答案。」姚巡官悠悠地接話。

「人見不到鬼，除非鬼願意見人，大部分的鬼不願見人。」

「見不得人？」

「你們從頭到尾沒聽我說的話，世界上沒有鬼。」

一時之間沒人接得下話，姚巡官咳了幾聲，

「聽黃師公說過，鬼怕陽氣，躲著陌生人，雖想見親人，怕嚇到他們。死去的人，自慚形穢，不可逼鬼見人，傷及自尊。」

「姚重誼，你是警察。」昺法醫不屑地說。

「為什麼？警察又怎樣？」姚巡官頂回去。

「要是有鬼，以後半夜騎車只敢騎時速三十公里，免得不小心撞到。吃牛排怕咬到牛鬼，吃紅燒肉怕咬到豬鬼，日子怎麼過。」

三人不再說話，直到智子打破沉默。

「我們真不能和死掉的人聯絡，說說話嗎？」

「小傑媽媽，我是醫師，無法回答，妳得去問千歲宮的黃道長。」

「昨天到台北，晚上做夢。」智子講得含糊，「我既相信又覺得不該相信。」

「夢到什麼？」

「可能是鄭鵬飛。」

小傑正好回來，聽到了，他尖叫：

「媽，你夢到爸了？」

圓框鄭也聽到，又開始撞牆。

第三章

誰家的嬰兒哭泣

摳腳心的約定

二〇〇三年　北宜公路

他聽到女人尖細的嗓子叫：

「沒有繩子就過來幫忙，我快抓不住了。」

張不開眼睛，雨點太急太密。冰涼的水碎石子般擊打臉孔，黏稠的泥漿灌進脖子流進襯衫長褲，身體更加沉重。忽然想到，七月了，學生開始放暑假，為什麼冷風刮得他不住打顫。試圖抽出手抹臉上的水，但兩隻手不能鬆開，女人聲音喊著：

「撐住。」

啪，樹根斷了，身子往左邊歪，直覺往前方抓，堅硬的岩塊突出於山坡——不是岩石，底下已被掏空的柏油路斷面，五根指頭幾乎戳進柏油。調整身形之間，那麼一剎那，眼神掃過腳下的山谷，有如坐雲霄飛車從最高點車子忽然往下滑，整顆心急速向上彈，他喊了一聲，啊。

閉眼安定情緒，唯一希望在抓住他右手的另一隻手。吸氣，肚子收到肚臍快碰到後背，皮帶鬆了，襯衫內的泥水找到宣洩口，長褲與左腳鞋子跟著它們墜至下方樹林。

試著稍微放鬆左臂，重量移至右手，喘了口氣，換手，放鬆右臂，還好，手臂未僵。力量集中於腰，盡全力引體向上，左手向前一分一寸移動，另一隻手原來抓的是細滑手腕，朝上挪，抓到上面的小臂。

「你抓得我手好痛，抓這個。」女孩叫。

他不敢放手，左手五指抓得快麻痺，必須兩手一起用力。

「你會把我拉下去，要死，抓這個。」

圓管狀的東西觸及他右手，針般利物刺進指尖，他張口要叫，卻喝進一大口泥水。疼痛令他下意識鬆開手，抓到了，圓形管子，手掌下滑，幸好管子下面有個東西卡住手腕，是汽車用的小型吸塵器。

順著吸塵器，一樣閃著光的東西勾住他中指，汽車大燈的光線閃過來，是支女錶。

「抓好，我叫人幫忙。」

女人喊：

「你還不過來，把他機車撞翻還見死不救。」

是後面那輛跑車，閃大燈要超車，撞了野狼後輪的車。

雨聲響在耳邊，要不是雨太大，就是第三人的聲音小，沒聽到回應。

左手五根指頭繼續往前摸，摸到一個小洞，食指和中指摳住，用力，一口氣，集中最後一口氣，他屏住呼吸，兩腳朝上蹬——

啊，重物打在他左手背，痛到骨頭裡，左手離開柏油路面，右手撐不住，吸塵器圓管脫離他的手。

結束了，他閉緊眼放開緊繃的肌肉，任由身子隨雨水和泥漿往下落，聽不到自己的嘶叫，倒是又依稀聽見嬰兒哭聲，像小貓肚子餓或者找母貓的呼喚。

他往下落，睜開眼了，傾倒下的雨水散成晶瑩水花，每顆都映著他扭曲的臉孔，公路垮了，一段下面空的公路路面懸在土石流上方，路面蹲著看不清臉的女人，她伸出兩手，可是太遠，他抓不到。女人身後站著高大的人影，看見刺眼光線。

速度變慢，電影的慢動作，人死之前不是會看見人生快速通過？人生的七彩跑馬燈？他看到落個不停的大雨，身體不再寒冷，甚至可以舞動兩臂。看到了，遠遠一盞泛著光暈的燈在風中搖晃。

是它嗎？夾在中指的東西也飄在他面前往下落，果然是支手錶，細緻的女錶，小玉也有一支，她打工第二年替自己買的生日禮物。小玉的錶嗎？

錶落進他懷裡，終於，他感到溫暖。

二〇二三年

「鬼和神，差別在一生執念的功德，相同點，都得死後才能成為鬼神。」黃師公將香送至昺法醫手中，「拜神不求名利，趁機自我反省。別相信活佛、活菩薩，人未死，善惡沒定論，就不能成佛成仙。佛教說坐化，道教說羽化，都是大澈大悟坦然接受死亡才能得到這樣的境界。昺法醫，你，哎，如果不信，不用鐵齒，文言文怎麼說？

「食古不化。」黃師公想到了。

「妳夢到爸了？」小傑殷切地看著智子。

六隻眼睛看她，包括帶著困惑表情的昺法醫與姚巡官。

「我很少做夢。」

「可是妳做了對不對？」

「不知道算不算夢。」

「夢到阿爸？」

「不知道算不算夢到他。」

智子對人生一向確定，該嫁給鄭鵬飛，她打電話告知北海道的父母；該離開鄭鵬飛，難過卻未猶豫，第二天提了行李回日本接受父親提供的工作；離去前對站在門口的兒子說，不准哭，我會回來，她果然回來。不過這次她不得不一再說「算不算」。

「他對妳說什麼？」

「不知道算不算說。」

小傑抓著母親肩膀搖，

「不管算不算，妳盡量說。」

智子摸兒子淌著汗的臉頰，覺得嫁給鄭鵬飛也不差，至少換來個可愛的兒子——不，她想念那個對她說「妳可以叫我小飛，不是有錢人，中學老師，有個開當鋪的爸爸，他也不有錢，可是他會喜歡妳」的男人，如果接受鄭鵬飛日夜顛倒的日子陪他經營當鋪呢？

小飛答應她的事做了九十分，支持她念完法學院，沒夜沒日考律師執照那些日子，他天天燉雞湯，記得鄭原委、鄭鵬飛父子同時夾起雞腿送到她碗裡。若不是懷了小傑，說不定她在台灣當了律師；若不是她受不了年紀輕輕便被當鋪拴住，說不定她坐在櫃檯後面成為骨董鑑定專家。直到此刻，她醒悟，原來離婚這些年以為可以忘記的事，一椿也沒忘。

「不好意思該不該說。」

昃法醫點頭，

「我們需要離開嗎，讓妳對小傑說。」

「不用。」智子回視那六隻眼睛，「昨天回到台北，晚上睡我和鄭鵬飛的床，半夜，我看了鐘，凌晨一點十二分，有人搵我腳心。」

沒人回應，他們等待下一句。

「我和小傑爸爸以前的約定，公公鄭原委先生死後第七天，白天做完頭七，我們躺在床上，我挑的床，很大，小傑睡中間到四歲。我問鄭鵬飛，人死了以後去哪裡？他不知道，他說如果他先我而去，要是死後真有另一個世界，會回來搵我腳心。」

面前三張嘴張得像等待母鳥餵食的幼鳥。

「昨天晚上他回來搵我腳心。」

「爸回來過？我都沒夢過他。」

「我和他的約定，他開玩笑說的，沒想到。」

「風吹過。」昃法醫想出答案。

「不可能，我媽睡覺放搖滾樂也吵不醒。」

智子抿嘴，沒罵小傑。

「一開始左腳癢癢的，沒理會，又癢，我想到小傑爸爸以前的承諾。嚇醒，我看床旁的鐘，剛跳到一點十二分，所以他搔我腳底是一點十一分。外面路燈光線照在窗臺，我什麼也沒看到，可是聞得到，聞到你爸抽完菸的臭味。」

「他一天只抽三根。」小傑替父親辯護。

「小傑媽媽，你們家點香祭拜小傑爸爸嗎？」

「昺醫師，我想過，起床去看，餐桌上他遺照前，燒的香早滅了。而且我鼻子靈，抽菸的氣味，不是燒香的。」

「爸來告訴妳，死了真的有另一個世界，說是什麼世界沒？」

「沒。只是左腳心癢。」

「請形容怎樣的癢法。」姚巡官職業病的問題。

「難以說明。你們小時候玩過搔腳心的遊戲沒？」

「我懂。」昺法醫玩過。「玩撲克牌、橡皮筋，輸的被人摳腳心，其他人抓我的手腳，最贏的對食指吹口氣，彎成7的形狀伸到我腳心。」

「聽得我都癢了。」姚巡官也懂了。

十五分鐘後，黃阿伯坐在鄭記當鋪門口的長板凳，左腳架右腿上，小傑認真看，摳黃阿伯的腳心八成不會癢，那裡有層百毒不侵的厚皮。

「幾點的事情。」
「一點十一分。」
「逢一，最陰。農曆一月一日凌晨一點十一分，八字輕的人如果在黑巷裡散步，容易見到那個字。那天是一年的起點，那個字徘徊於留下和離去的選擇，最重。」
「靈魂重量不是二十一克。」小傑陪著智子坐對面。
「那個字的輕重不能用幾克幾斤計算，懷念、不捨，心情的重量。」
「心情也有重量？」
「心情沉重。」昮法醫說。
「除了腳心癢，還有呢？」黃阿伯難得對昮法醫的說法滿意到不嗆回去。
「身體輕。我來台北前扭到腰，晚上腳心癢突然醒來，嚇得上半身彈得坐起來，到現在為止，腰不痛，身體東扭西轉可以做瑜伽了。」
「妳腰好嘍，爸的保庇？」小傑看智子比以前粗壯的腰部。
「心情輕鬆。」昮法醫說。
「腳底癢，妳和鄭鵬飛以前的約定？」
「他開玩笑那樣說過。」
黃阿伯抬頭看掛牆壁的圓框鄭，無風無雨，難得圓框鄭動也不動。
姚巡官買來一手台啤，預期將是冗長的夜。

「兩種解釋，」黃阿伯每喝一口啤酒必發出哀聲，「風吹，毛巾被用久起毛碰到妳腳心。不然，鄭鵬飛守信用，他沒忘記以前對妳說的事——要說以後說。」

在黃阿伯泛著刀光的眼神裡，昗法醫僅嘸了嘸口水。

智子用力捏小傑手臂，小傑沒叫痛，換成他心情沉重，原來爸愛媽愛到死去也愛。

姚巡官遞一罐啤酒給智子，他不了解智子一旦喝啤酒，喝一打也不醉，還好智子只吞一小口。

「小傑他爸只是為了告訴我有另一個世界？」

「難說，妳這幾天晚上睡覺多留意。」

「又來摳我腳心？」

「也許吧。」

「我爸回來，阿伯，你用法術留住他，」小傑拿出雨漸耳的符，「不然問，到底誰殺了他。」

黃阿伯仰首喝掉一罐啤酒，他心臟不好，很久沒這麼喝了。他常說，肚內一把火，用啤酒澆熄。

姚巡官想起這晚到鄭記當鋪的原因，拿出黏在一起的當票與存根，說明陳沐源命案與陳妻許如玉收到鄭原委給她二十萬元的事。黃阿伯接過竹片看了許久，以為他會施法還是什麼，僅張開空著的一隻手，姚巡官送去另一罐啤酒。

對黃阿伯、智子、小傑來說，這個夜將會很長，昺法醫不會，他不停打呵欠對姚巡官說：

「答應許如玉，我驗陳沐源的骨骸，明天，你清楚我的規矩。」

「叫她去搶吳寶春的麵包送解剖中心。」姚巡官語氣挑釁。

「有空買，我感謝，不買無所謂，不必指控我收賄。叫她一早來拜拜，我動陳沐源骨頭，總得燒幾炷香拜拜，死者老婆在，我安心，死者安心。」

「了解，我通知她。」他秤出昺法醫心情多沉重。

—— ** ——

小傑被羅曼吵醒，本來他堅持不睡，準備打一整夜電動等爸回來，不知不覺睡著，因此他見陽光晒到書桌，沒理會居然穿襯衫的羅曼，衝進廚房問媽，

「怎樣？」

智子專注煎日式蛋卷，回頭看兒子，小傑驚得愣了好久，智子臉龐閃著清晨陽光，原來塊頭大之外，小傑第一次明白自己母親多漂亮，她嘴角甚至泛著微笑。

「來過了？靠，不叫我。一樣搔妳左腳心？」

智子的笑容往兩旁擴大。

「右腳心？沒說話？」

智子搖頭。

「媽，今天早上妳很不對勁。」

智子哼著歌轉頭回去煎蛋卷。

「你媽剛才也這樣。」

羅曼七點十五分按鄭家門鈴，開門的是智子，臉上帶著笑容，像羅曼打過電話和她約好。開了門就回廚房，羅曼只好跟在後面說一堆阿里不達的，智子沒回答。

「會不會被羅蕾傳染，忘記怎麼說話？我媽也這樣，笑得和笨蛋沒差，不過我媽照樣罵人，你媽罵你沒？」

小傑刷牙，為什麼要刷牙？他既不呷意小月，也對張寶琳沒興趣，乾脆不刷牙陪她們去看棒球，熏死她們準賭好。

他刷了幾遍，羅曼說個不停，廢話長，可以精簡為小傑今天將宇宙忙碌，羅媽媽白天預約的病人多，很忙，里長伯得到市政府開會，未必忙，可是他愛開會勝過喝酒，因此到下午四點為止，羅蕾是暑假中羅曼的責任。如果是羅曼的責任，意味小傑必須參與，到被煩死為止。

對羅蕾沒惡感，不懼怕，她愛吃，不挑嘴，看起來好養。

他們吃早餐，老媽哼著混很多不同歌的音符，陸續端來小傑恐怕得吃到晚餐的日式早餐，蛋卷、煎鮭魚、煎鯖魚、煎骰子牛肉、切絲高麗菜沙拉淋了美乃滋、納豆、海帶味噌湯、炒麵的廣島燒、拌涼筍、一大鍋白飯，要是小傑不把她拉出廚房，接著將有馬鈴薯燉肉、壽喜燒、牛肉蓋飯。

羅曼對早餐的第一反應是：

「我回家帶我妹來，吃斃她。」

「說，他搔妳腳而已？」

智子笑著盛飯。

「妳不說我不吃飯。」

智子坐下喝她碗內的湯。

「再不說我馬上離家出走。」

笑咪咪看著兒子，智子說了：

「一點十一分，他摳我右腳心。」

「換腳？就這樣？以後妳可不可以不要急著看鐘，先找他。」

「他摳完我右腳心，還摳左腳心。」

看著智子的笑臉，小傑受夠了，被爸摳了腳心有那麼開心嗎？拜託，爸還是死掉的爸咧。接著他得陪不說話的小女孩，傍晚到天母棒球場陪兩個白痴女生看棒球，倒楣的一天從早餐開始。

羅曼很快回來，難得，他抱羅蕾上樓，馬上被智子接去。怎樣，羅蕾不會走路非得人抱。

羅蕾從廣島燒吃起，再吃鋪了筷子戳成碎魚肉的白飯。瘋狂吃澱粉，大人不擔心小女孩的體重麼。

「我媽交給我一個任務。」羅曼吃得不比羅蕾文雅，「神鬼任務，靠你幫忙才能完成。」

小傑不吭聲，絕對不是好事。果然，羅曼對智子說：

「鄭媽媽，你們家開當鋪，鑑定骨董難不倒妳吧？」他拿出繡花鞋，「什麼年代的？」

智子接過繡花鞋，沒拿到顯微鏡或至少眼鏡底下研究，彎身將鞋套上羅蕾的一隻小肥腳，還讚美，

「蕾蕾穿小鞋子好漂亮。」

羅蕾得意，舉起穿鞋的腳。

羅曼學里長伯嘆氣，

「我說的對不對，我媽你媽，中邪了。有個可能，羅蕾不是那個字，另一個字。」
「哪個字？」
「妖。」
「為什麼不是魔。」
「為什麼魔？」
「**妖‧魔‧鬼‧怪**。」
「你說出那個字齁，」他伸出右大拇指，「看過螞蟻怎麼死的嗎？」
「好吧，妖。」
「妖有妖術，你聽過那個字術嗎？那個字只能嚇人、害死人——」
「害活人，害死人是聻。」
「少囉嗦。妖術，讓我媽頭昏，你媽變白痴。這叫中邪。」
小傑不覺得中邪有什麼不好，媽變得可愛多了。
「我查過，她八十五公分，低於平均值，大約四歲的身高，體重三十公斤，猜幾歲？八歲！」
羅曼表情誇張，甩著筷尖的蛋卷。
「你說她六歲，六歲不可能這麼矮，更不可能三十公斤。你抱抱看，我的手熊熊折斷。」

看羅蕾抓筷子吃飯的樣子，小傑想到一句成語，賞心悅目，她吃得開心，別人看了也開心，摳青春痘的羅曼遲早變成棄兒。

「我媽說找我師父沒用，我師父欸，被她說沒路用，當徒弟的該不該替師仔扳回面子。我們練道術的不是被你們老百姓踩在腳底下長大。」

「揍你媽。」小傑冷冷回答。

「愈來愈不是朋友，你為什麼不揍你媽。我爸打聽到，萬華有位瞎眼阿婆能從貼身物品推算出物主的前世今生，感應力超強。」

「你帶你妹去萬華啊。」

「不行，小傑，我八字重，去了怕阿婆趕我走。你比我適合。保證我付計程車錢，出捷運坐計程車，請你吃中飯，不能超過兩百元，如果阿婆判斷羅蕾是什麼，天母看棒球隨便你吃幾根熱狗、幾包薯條。」

從小學到高中同學，小傑當然聽懂羅曼話裡的意思，不論多忙多不情願，他得陪羅曼一天，其他還好，想到去天母棒球場見小月就萎，不是小月長得令人萎，而是他想到單戀小月的阿三，初戀、兩年不敢開口告白，突然小月變成志明的女朋友，阿三心情超級賭爛，不能找志明打一架，不能回憶小月，沒開始便結束的下場。

羅曼也尬進小月複雜的男女樹幹、枝葉、家族樹關係，還好羅曼無血無淚，失戀七天對羅曼來說不嚴重，和張寶琳的出現有關吧，下一個傷心對象愈早出現，此刻的傷心愈快消失。

他從沒哈過小月，全班四十一個人可以作證，連多看一眼的慾望也沒，不如上網看周子瑜，不然看老爸認為他那時代第一美女的藤原紀香。羅曼要追張寶琳，進天母棒球場他得和小月坐一起，難過捏。

萬一被志明知道呢？羅曼找小月一起實在白目，小月和志明逗陣，一定對志明講，結果他去坐小月旁邊，怎麼和志明見面？拍謝，昨天和小月看棒球，被羅曼逼的，沒摸她手，離她裙角二十公分遠。用羅曼的語言，打壞和志明不怎麼樣的江湖交情。

「你媽今天吃太多藥？」羅曼筷尖指著進廚房的智子背影。

「很好。」

「怪怪的。」

「我媽的心情只有快樂和憤怒兩種，沒有**妖**．**魔**．**那個字**．**怪**和其他。」

—— ** ——

姚巡官趕去台北市相驗暨解剖中心為許如玉叫計程車回家，對被害人夠體貼。姚巡官對此義正詞嚴說明許如玉為她兒子已經兩天不見人影緊張，但是拒絕報案，他得試圖說服許如玉報案，否則不能透過勤務指揮中心通報全台搜尋。許如玉不肯，她相信足夠的關懷總有一天化解叛逆。

陳然，她兒子的名字，由祖父取的。陳沐源以水為命名基礎，期待自由、清爽。陳沐源意外失蹤，生下的兒子算半個遺腹子，面對坎坷人生，必須更加堅強，因而命名以火為基礎，又擔心火太強烈，上面加了蓋子。不料蓋子沒用，十三歲起嫌母親煩，在學校打架，嗆老師。學業成績落到全班倒數第一。祖先保庇進了搞不好明年後年倒店的大學，念畢業找不到工作的哲學系，佛洛伊德、亞里斯多德、康德，不如張忠謀。上星期祖父到台北，打算和往年一樣，接他去斗六住一陣子，陳然甩下筷子跑出去，許如玉尷尬，面對公公，她不禁有沒教好兒子的困窘。

上車時許如玉答應，陳然明天若仍未回家，會找姚巡官報案。

昺法醫在停車場抽菸，未譏笑姚巡官的殷勤，他年紀大，看穿人世間男女的許多事，因此他和千歲宮的黃師公總是抬槓，醫師看的世界真實，真實世界不能用善惡、陰陽劃分，一如姚巡官對許如玉，夾雜多到理不清的複雜感情，例如同情、擔心，難講的若干程度仰慕之情，畢竟認識許如玉那年他剛從警專畢業，那天坪林分駐所籠罩於大豪雨之中。坪林的雨下得如貓似狗，方圓五公里罩入令人分不清方向的雨霧，連心情也溼得滴水。

檢驗骨骸比驗屍省事，清洗後在昺法醫指示下，擔任助理的兩名醫科實習生拼出如教材用的骨架。比拼圖簡單。

姚巡官在外面抽了不少根菸，等待，迫切想了解啇法醫的看法，算起來陳沐源是他經手第一宗命案，雖然二十年前完全不知道那是命案。

解剖中心位於辛亥隧道前的山坳，不說隧道排出的汽車廢氣，光是火葬場燒出的灰燼就夠想像肺部如何受到侵蝕。菸，相較之下不過一陣輕風。不懂啇法醫怎麼能在這種環境工作多年，也不明白好好醫師不做，偏選擇法醫，和死人打交道不會被嫌菸味太重？

正要點另一根菸，啇法醫穿黃裡帶白的手術衣出來，搶走菸，兩人忍著攝氏三十八度高溫，一口一口吐煙。

「看出名堂沒？」姚巡官溫柔地問。

「中午吃啥？」

「沒胃口，等下去公館吃冰。」

「你沒胃口，別人有胃口。」

「你想吃什麼，我去買。」

「不必，學生幫我叫了。嘿，外送員肯送到我們這裡，看，人家為了賺錢諸鬼不侵，多敬業。聽過一個故事沒，有個外送員按訂單地址送到北投基督教那個什麼墓園，一位老先生站在墓碑中央等他，半夜喔，給他小費。第二天外送員怎麼也查不到昨天的那筆訂單，餐廳也沒記錄。猜猜小費多少錢？」

不搭腔，姚巡官逐漸揣摩出昺法醫說話的軌道，不想卡進去，免得沒完沒了。

「他翻腰包，竟然摸出一個掛項鍊的十字架。」

還是沒開口，天氣太熱，提不起勁開口。

「什麼意思？」昺法醫自說自唱，「意思是鬼故事不分宗教，大家拜的神不一樣，鬼一樣，有意思吧。」

解剖室冷氣強得足以令半個台北市的市民砸掉自家冷氣機，不鏽鋼解剖檯已組出一副人體骨骼，乾淨整齊，連縫合屍體的手續也省了。

「兩名學生費一上午洗刷，瞧，不缺牙，沒動手術痕跡，肋骨一根不少，多年輕健康的身體。」

姚巡官走近看，見過屍體多次，看骨架還是頭一次，不可怕，人死後最後剩下這副模樣，淒涼點就是了。

「左小腿斷成兩段，猜測落下山路摔斷。」昺法醫以雷射筆指屍骨，「注意看左手，三處斷裂。一般從高處墜落，人多以手掌觸地，斷的是腕骨、前臂的橈骨和尺骨，不太可能摔到指骨。」

中指斷成三節，食指斷成兩節，無名指第一節成了一堆骨末。

「小姚，我說完，輪你，說說，說錯了不罵你。」
「有人以重物錘碎陳沐源左手掌的骨頭，而且是很重的東西。」
「舉例。」
「鐵錘敲，履帶推土機輾過。」
「現場找到鐵錘和推土機？」
「沒有。」
昦法醫抓起碎骨在手掌中搓，
「這個人和陳沐源有仇，一路追蹤，撞倒他，舉鐵錘殺人。」
「不對，殺人得錘頭殼。」
「錘碎他反抗的左掌，再錘腦殼。」
「頭顱沒裂。」
昦法醫撫摸頭骨，
「沒裂，一絲縫也沒。」
「凶手打斷陳沐源小腿骨，再敲碎他左手掌，推下山摔死。」
「部分成立。」昦法醫指解剖檯角落一截烏黑物品，「解剖小腿挖出，我估計是木頭，等下送去刑事局檢驗，如果是樹木，小腿骨可能摔下公路撞到樹幹斷的，不是錘的。」

「凶手只打了陳沐源左手掌。」

「值得思考吧。如果凶手攻擊，陳沐源直覺抬起手抵擋，他右撇子，理應舉右手，當時情況不明，搞不好右手撐住什麼，只左手有空，他舉左手，想也不用想，手掌向外，鐵錘打中的是腕骨，手指怎麼斷成這樣？」

姚巡官舉起左手做了幾個動作，

「昺法醫，一個可能，陳沐源抓住某樣東西，凶手叫他放手，不聽，凶手鐵錘打在他手背。」

「什麼東西重要到他得抓住，凶手非要他鬆手？」

「陳沐源的命。」

昺法醫原本兜著解剖檯轉，這時停下，

「鐵錘，現場沒有鐵錘？」

「我請坪林分駐所再去找。」

「誰沒事帶把鐵錘上北宜公路？除非工匠，車上現成的。」

「工匠？」

「二十年前那天晚上，出事現場修路，不然怎麼有推土機？」昺法醫轉而談起推土機。

「記得沒有，公路崩塌，工務局才派推土機去搶修。」

「事後壓碎的？挖泥漿修路，沒注意下面躺了陳沐源？」

「不可能，消防隊先到，他們受的訓練是先救人，救難犬、生命探測儀掃過，沒人，確定再開挖。我去過現場，二十年前和二十年後，底下的爛泥起碼一公尺厚，推土機開過會把屍體往下壓，壓進泥漿深處，壓不碎屍體，否則陳沐源骨骸怎麼可能完整。」

「有道理。你警察，你講了算。」

姚巡官講手機，解剖室訊號不好，他出去講，不到一分鐘即進來。

「不是鐵鎚，現場找到塞滿泥，鏽成一團烏黑的千斤頂，舊型汽車不是配置了備胎、千斤頂和螺絲起子好換車胎？分駐所等下傳照片來。」

「千斤頂，難怪手骨斷成這樣。誰和陳沐源如此深仇大恨？」

姚巡官瞪昗法醫一眼，拿出手機又出去。這次時間較長，大約三分鐘。

「問過許如玉，陳沐源沒仇人。」

「我想也是。」

照片傳來，兩人聚在手機螢幕前看，昗法醫用拇指和食指放大畫面，怎麼也放不大，姚巡官用衣袖抹抹螢幕，

「你的手太油。」

畫面是一塊長方形的鐵。

「鏽了，看不太出來。我說這個千斤頂。」

「根本一塊鐵，錘到手掌，嘖嘖，無法想像。」

姚巡官看看解剖檯上的碎骨。

「我說的是無法想像多痛。」

他們到外面放空腦袋，下午出殯的人多，殯儀館每個廳擠滿人，兩名學生從外送員手中收到兩個大塑膠袋進辦公樓。

「午餐來了，給學生五百元訂餐，今天我請你吃興隆路二段能買到的最高級便當。」

「日式花壽司？」

「別掃我興，炸排骨加滷雞腿。」

姚巡官拍拍中圍，

「昺法醫不太在意朋友的健康。」

「生意嘛，搞不好你也是我生意。」

昺法醫的冷笑聲中，姚巡官背心一陣冰涼，不禁挺直腰桿突出肚皮。

「結論。」冷笑後，昺法醫不忘正事。

「謀殺。」

「生意上門，我恭喜你。」

冒出的雞皮疙瘩從姚巡官小腿竄至鼻粱。

「不是生意，警察的工作。」

——**——

帶羅蕾坐捷運，乖巧女孩，不吵不鬧，大學生讓座，小傑抱她坐進去，兩截胖小腿晃呀晃，有位露腰的姐姐問，好可愛的小妹妹，叫什麼名字呀。羅蕾沒回答，指羅曼。哈，羅曼臉紅脖子粗，嘴脣抖半天，小傑替他回，

「蕾蕾，我白痴同學的小妹。」

露腰姐姐斜著臉看羅曼，

「你妹妹？」

羅曼不敢看女生，小傑看，姐姐的表情說明她的疑惑：你妹妹？差太多。

想著想著，小傑快樂許多，大人說自己的快樂不能建築在別人的痛苦上，為什麼不能，不建築在別人的痛苦上怎麼可能快樂。

「不像吧，他們家的營養全給了妹妹。」

姐姐看小傑，

「你呢？兄弟姊妹都餓死了？」

小傑閉嘴，遇到高手。

出了捷運站，羅曼不再沮喪，手肘頂小傑的腰，

「發現沒？帶羅蕾出門，一下午可以加五個ＩＧ。嘿嘿，嘿嘿嘿。」

羅曼絕對過度樂觀，他是活死人派，適合躲在手機內，不宜露面嚇老百姓。

阿婆坐門口小板凳，沒瞎，就著水龍頭揀菜，看起來類似地瓜葉，一大盆被她掐得剩下兩把。

三水街巷子很窄很長，羅蕾乖乖由羅曼牽著，吸著另一隻手的拇指，也許兩邊的小店太多，激起她新一波的食慾。

等阿婆揀完菜，小傑上去說明來意，她接過繡花鞋看很久，進屋拿出平板，戴上老花眼鏡，

「這款鞋子，繡花厚工，鞋底很多層布縫一起，現在沒人做了。」

「我是千歲宮黃師公的徒弟，叫我曼仔，阿婆感應到什麼？」

「以前有錢人家給小孩子做的鞋子，我看，清朝差不多。」

「不是考古鞋子，感應。」

阿婆看羅蕾，牽她的手，

「阿妹仔，妳的鞋子對不對？還有一隻呢？掉了？新鞋子也漂亮，新媽媽買的？」

阿婆和羅蕾能心電感應？

「誰是妳哥哥，厭頭那個？」

阿婆對羅曼說話了，

「她肚子餓，等下帶她去吃飯。做哥哥要細心，十三、十四歲的男生只顧自己。」

羅曼沒抗議，他十七了，不過臉歪到左邊。

「你八字重，不用怕。」小傑小聲說。

「阿婆沒吃的，要炒菜煮飯揪麻煩，」阿婆對羅蕾說，「愛吃炒米粉還是魯肉飯？厭頭仔，妹妹愛吃炒米粉。繡花鞋收好，可以當骨董賣，看到沒，這裡繡了小隻蝴蝶，記號。」

羅蕾不在意繡花鞋有沒有蝴蝶，羅曼和小傑倒是看得清楚，鞋頭靠小指頭那裡繡了一隻很小的蝴蝶，不仔細看會以為是星星。

「做鞋師傅的記號，不然妳家，妳阿母、阿嬤叫人家繡的。蝴蝶是妳家記號。」

兩個男生「這是啥」地對看一眼。

「免驚，每個人都會長大，厭頭阿兄也會長大，多吃長得快。喝牛奶呀，豆漿也很好。厭頭仔，給妹妹喝沒有基因改良的豆漿。早上喝晚上喝，也要喝水，我看比妳哥哥長得快，厭頭仔要十七歲才長，發育慢。」

羅曼快哭了，他的十七歲眼看快過去。

「免謝，回去對妳媽說，鞋子收好，找蝴蝶的家？隨便，不找也好，以前的家了，找到沒有用。聽阿婆的，好好過日子，別想以前，天天吃飽睡多多，有事對厭頭阿兄講，他膽子小，別嚇到他。人不壞啦。」

羅曼真的哭了，因為十七歲過一半多還沒長高，或是因為膽子小，或是阿婆說他人不壞？羅曼沒出聲，不論後來小傑怎麼追問，就是不說。

阿婆沒收錢，抱羅蕾出門才放下，

「有空來玩，生得真可愛，記得吃飯，叫厭頭阿兄別餓到妳。」

他們一人牽羅蕾一隻手，羅曼不停自言自語，

「妳家有錢人齁，鞋子繡蝴蝶。多有錢？有超跑加大透天。」

走出三水街，羅曼繼續說：

「蝴蝶家族，妳家開動物園，養蜜蜂養熊貓？我師父以前說蝴蝶是什麼？」

「人死了變蝴蝶，莊周夢蝶。」小傑回。

「妹，暗示蛤？這麼小就會暗示，用蝴蝶暗示。拜託，明示可以嗎？妳哥最討厭猜來猜去，殘害腦細胞。」

走上西園路，餐廳更多。

「讓妳多吃多睡快快長大，肖仔，阿婆沒看到妳吃飯的樣子，她為什麼不請妳吃

飯，吃到她家倒店。死道友不死貧道，我師父教的，自私。」

小傑不能不制止，

「別對妳妹亂說。」

「說？阿妹仔，妳小哥講的是不是太有道理？小哥今天拚了，妳愛吃就吃，反正妳家有錢，到時向妳家討。清朝的繡花鞋，清炒，我咧愛醬燒。清朝的話妳幾歲了？小傑，幾歲？」

「一百多。」

「一百多歲，我十七歲沒長高，妳一百多歲多吃長得快？騙肖，我羅曼被人家唬的嗎？蝴蝶，等妳大哥回來幫妳在身上刺蝴蝶。喂，歷史考一百分的，蝴蝶還有什麼意思？」

「美麗。」

「蝴蝶美麗，蜜蜂呢，蜜蜂討人厭，為什麼妳家不蜜蜂？我厭頭，妳可愛，換妳請我吃飯，妳有骨董，妳小哥只有骨頭。」

「羅曼，再亂講，不陪你去天母棒球場。」

「看，小哥討人厭，天生廢料，要不要跟隔壁的屁哥回家，不叫羅蕾，羅蕾聽起來像手錶，和屁哥姓鄭，妳改叫鄭點，台北最正點女生。妳哥叫鄭傑生，開當鋪，店門八字開，神鬼進來都要付利息，賺金紙賺到燒不完。」

羅蕾突然停下，看著路旁的店說：

「炒米粉。」

小傑與羅曼被凍結於原地，經過的長髮女生摸羅蕾的小胖臉，妹妹好可愛。騎Ubike的走人行道，差點撞變電箱。阿姨遞來生魚片套餐的傳單，中午優待九折。韓國觀光客排隊進龍山寺，拜觀世音菩薩，拜月下老人。後面掛金項鍊的黑道大哥罵「走不走，擋在這裡當柱子」。又一個女生摸羅蕾的小辮子，還問妹妹幾歲了。如果每個女生摸羅蕾那樣摸羅曼，那，羅曼卯死了。

羅曼沒卯死，他終於張開嘴說：

「小傑，聽到沒，她不是啞巴。」

小傑想罵，明明可以說「她會說話」，羅曼為何偏說「她不是啞巴」，因而小傑跟著說：

「你付錢。」

「付什麼錢？」

小傑蹲下身問羅蕾：

「妳說什麼？」

「炒米粉。」

——＊＊——

姚巡官趕去市刑大，北宜公路挖出的各種東西擺滿會議桌，隊長老倪摸著下巴站桌子尾端，

「幫我從裡面找出線索。」

「昺法醫說——」

「和我通過電話，他說你不認同陳沐源因為大雨山崩掉進山谷死亡。」

老倪抓起長條狀的千斤頂放面前，

「浸在泥水裡二十年，驗不出血跡了。」

再拿起早侵蝕成破鐵片的機車車牌，

「撞的，力量不小，車牌拗成這樣。」

機車的車架、龍頭、脫落的儀表盤、鍊條、蠟燭檯、三個車輪——為什麼三個車輪？

老倪將其中一個車輪移到旁邊，

「那兩個屬於同一輛車，野狼，這個是重機的，與陳沐源案無關，另一起車禍留下的吧。」

姚巡官指蠟燭檯，老倪也將它移開，

「北宜公路車禍死不少人，家屬拿香燭拜拜留下的。」

有個錶殼，女錶的。姚巡官翻了翻桌面上的證物，找出錶鍊，細金屬鍊，女錶用的。拼拼看，果然和錶殼成對。

「女錶？現場沒找到女屍。陳沐源帶小三到宜蘭兜風，出車禍，他掉下山坡喪命，小三的錶也掉了，下山回家不敢報案，一晃二十年，嫁人生孩子，早忘記陳沐源。」

不太可能，因為——

「不同意？」

「報告大隊長，陳沐源老婆懷孕，出事那天晚上生下兒子，急著回家可想而知，這時搞外遇，太那個。」

老倪看著躺在掌中的錶殼與錶鍊，似乎琢磨怎麼會掉在陳沐源屍骸附近。

「陳沐源的工作？」

「出口電線的貿易公司業務員，兼差賣保險。」

放下錶殼與錶鍊，

「排除小三的可能性，這支錶名牌，沒十幾二十萬買不到。」

「這麼貴？」

姚巡官手指抹掉錶殼上的泥，

「錶殼刻了字。」

「字？」
老倪接過錶殼對著光線看，拿起瓶裝水就著垃圾桶沖洗。
「百達翡麗，女錶。」他的另一手撥弄手機，「查到，一支一百二十五萬新台幣，別說陳沐源買不起，你我薪水加起來大概夠買錶鍊。」
「刻了名字？」
「我上個月動完左眼白內障手術，怕光，你看。」
姚巡官視力不錯，仍得走到窗前就著陽光，還是看不清。拿出手機拍下錶殼，放大照片，老倪走來，
「不錯，懂變通。看得清名字了？」
「To My Sweet Jennie Chiu」
「不會吧。」
老倪搶過去看，再說一次，
「05/07/2003」
「陳沐源出事當天，不會吧。」
「還刻了贈送者的名字。」
「B.L. RO」
「BL 還是 BI？」

「BL。」

這次沒「不會吧」。

「女錶，價值一百多萬刻了名字的紀念性女錶為什麼在現場？陳沐源名字的英文縮寫既不是 BL、BI，也不姓 RO。」

「另一起車禍？」

老倪沒回應，扭頭講手機，

「北宜公路，對，再清查一次現場。找找有沒有其他屍體，這幾天雨大，叫開推土機的當心，別壓壞證物。」

姚巡官不便打擾，立正站桌邊，老倪收了手機對他說：

「保密，不准對任何人透露一個字，Jennie Chiu 就是邱淑美。」

輪到姚巡官說：

「不會吧。」

「台灣當然可能有好幾個 Jennie Chiu，戴得起百達翡麗的，我只想到她。」

「找她的屍體？」

「邱淑美沒死，不太可能認識陳沐源，手錶遺落在北宜公路坍方處，二十年前她是邱家寶貝大小姐，一個人跑去坪林扔百達翡麗？她恨 B.L. RO，連帶恨新台幣？」

「她先生名字？」

「一時想不起來，但絕不是 B. L. RO。」
「這位邱小姐結婚有孩子了？」
「離婚了，離了兩次，目前單身，三個孩子。」
「以前的男朋友，我說 B. L. RO。」
「別亂猜，跟我走一趟。」
「去哪裡？」
「拜訪邱淑美，帶著錶，裝證物袋。」

—— ** ——

羅媽媽叩了羅曼手機再叩小傑的，幾件事交代，替羅蕾買小枕頭、內衣褲，夏天，小女生不能穿汗溼衣服，容易感冒，一流汗就該換，於是他們進了百貨公司，照樣，從一樓化妝品專櫃到七樓童裝部，至少十二位穿制服的姐姐逗羅蕾，澈底無視陪伴兩側的男生。

「邪門吧，她們只看到蕾蕾，我們像空氣。」

羅曼走路愛兩手插褲袋，左右肩膀隨步伐輪流往前突出，小傑好奇多年，說也怪，從沒撞過人或失去平衡而摔倒。羅曼停下腳步收回肩頭，兩腳三七步，上半身微向後傾，

「其他人看不到我們，妖術。不信？等下我們去超級市場拿東西隨便吃，沒人找我們要錢，恁伯隱形人。」

小枕頭在家具區，內衣褲在童裝區，但羅曼逛了女性內衣專櫃幾圈，小姐異樣眼光掃來，他屌：

「妳們有沒有她的尺寸？」

氣氛立即變得歡樂，連旁邊的專櫃小姐也來逗羅蕾。

「妹妹，幾歲了？」

「讓姐姐抱抱。」

「看，她的手和腿好像蓮藕，嫩死了，好想咬一口。」

羅曼揪袂爽，

「咬一口？她們活死人一族是怎樣。你拿胸罩，我拿丁字褲，等下送張寶琳和小月，反正她們看不到你和我，怪自己眼睛瞎。」

什麼也沒拿，小傑抱起蕾蕾向姐姐們道歉，他們買的是童裝。

終於逛到童裝區，小傑小時候便發現一樁真理，不管童裝、童書，一定在店的頂樓，不然地下室，並非刁難兒童，而是無論在哪裡，父母都會陪孩子不辭辛勞找到為止。

頂樓童裝部沒小姐，有位也穿制服的歐巴桑，不但替羅蕾挑了三套內衣褲，也挑了兩件連身蓬蓬裙，羅曼說只買內衣褲，一套，歐巴桑差點抓起剪刀跳上來捅人，

「對妹妹這麼小氣，你哥哥怎麼當的。」

羅曼錢不夠，小傑只好掏空口袋贊助。

「妖術吧，年輕的小姐看不到我們，歐巴桑就看到，我靠，小傑，我的人生不能這樣下去，沒有價值。」

送羅蕾回復健診所，穿白色醫師服的羅媽媽老遠就喊蕾蕾，兩條肥胖小腿扔下陪她半天的可憐哥哥飛快跑去。

羅媽媽誇獎衣服買得不錯，急著抱蕾蕾進她診間換衣服，剩下羅曼和小傑不知拿不拿得回買衣服的錢。

拿不回，羅媽媽抱著羅蕾講不完的話，羅曼打斷，

「她不是啞巴。」

「你才啞巴。」羅媽媽罵。

「她會說話。」小傑解釋。

「會說話？」羅媽媽舉起吃大拇指的女孩。

「炒米粉。」羅蕾抽出大拇指說。

接下去羅曼和小傑不得不離開，太吵，羅媽媽抱著羅蕾向所有病患一一介紹她的新女兒居然會說話。

多令人驚訝的消息。

小傑同情羅曼，切身感受。十七歲的男生沒人疼，進捷運，其他乘客比看到老鼠閃得更快，嫌他們渾身臭汗味。進百貨公司，一堆漂亮姐姐認定他們來蹭冷氣，一仙錢也不會花，理也不理。吃晚飯被老媽罵吃相難看，上完廁所老媽再罵滴得到處都是。羅曼抱怨過，又不是澆花，我滴得到處都是？

「說炒米粉，了不起？我說魯肉飯呢？我還會說菲力牛排、薄荷綠茶去冰免糖自備杯子不用吸管，我算天才？」

他們等在天母棒球場前，女生一向故意遲到，該小傑覺得當男生沒有價值了，尤其來的兩個女生和他不會發生關係，他是引言人、中間人、根本不是人。

其實小傑該高興，志明跟來了，他臨時買票，位子離很遠，小傑覺得他該犧牲，和志明換位子。

志明摳他手心，表達感謝還是有病？攝氏三十八度燒壞所有人頭腦，小傑覺得無力，家裡還有不肯說昨晚被摳腳心沒的老媽。

好歹得應付人生，他對坐成一排的男女同學故作文雅說：

「張寶琳，我小傑，羅曼的相好，羅曼不敢跟女生講話，抓我當口譯。」

台南女生敢，裙子短到看得見內褲——不，裡面的安全褲。

「你們以前講過話，不過那時羅曼還沒尬意妳，現在尬意了，他被雷打中，影響大腦，不敢講了。」

她剪短髮，右邊頭髮夾到右耳後面，掛七龍珠的悟空人偶耳環，夠酷，不幸羅曼已經尬意她。

「羅曼，亞森．羅蘋的羅，休．傑克曼的曼，台語發音流氓，人不錯，如果妳問他宮廟的事，他就能講了。如果妳問宮廟以外的事，他就傻了。」

皮膚好到和羅蕾一樣，看不出任何一個毛細孔，可惜羅曼先遇到她。

未必可惜，從一開始到現在她始終用眼白看小傑。沒看過帥哥喔。

「他現在看起來不高，算命的說他十七歲才發育，預估長到一六七點五公分沒問題。妳們喝奶茶，他只喝牛奶，說不定長到一六九點五。」

羅曼在張寶琳身後咬牙切齒，差沒揮武士刀。小傑得翻山越嶺找志明買的座位，羅曼揮手告別，

「晚上你約圓框鄭，你們兄弟我一起扁。」

「誰是圓框鄭？」張寶琳是好奇寶寶。

相距半個球場，第二局高國麟打出必死高飛球時，小傑想他為什麼不回家，反正沒他的事了，當鋪需要整理，地下室那個冰棒陰靈得安排，還得與老媽好好溝通，他

十七歲了，不是十四歲，有十七歲的人格，一旦提出問題，做媽媽的必得回答。當他正要起身，轟隆，打雷了。

「你繼承當鋪？」張寶琳坐他一旁走道臺階。

「嗯。」

「你繼承兩棟台北市的房子？」她遞來一塊炸雞。

「嗯。」

「你要去日本念大學？」她弓起兩腿露出安全褲毫不在意。

「嗯。」

「滿街海鮮的北海道？」戴牙套的牙齒咬住炸雞。

「嗯。」

「你叫鄭傑生，拿手是歷史？」她邊說邊嚼炸雞不會像羅曼噴出雞絲雞屑。

「嗯。」

誰打了全壘打，來看棒球賽，居然沒看到全壘打，衰小。

「你家有古早偉士牌手檔機車？好不好換檔？」

「嗯。」

「歡迎我參觀你家當鋪吧。」

「嗯。」

「說定，我在台北一星期，小月會找你約時間。」

「嗯。」

——＊＊——

和老倪坐在大廳等候，他家五倍大的一樓大廳，櫃檯裡四名穿套裝的女孩，門口兩名黑西裝保全，繫於屋頂的水晶燈如果地震掉下來，至少砸出一個直徑十公尺的天坑，運動鞋走在大理石地磚發出尖銳摩擦音，冷氣可以提供整個派出所舒適的夏天，而且套裝女孩送來咖啡，拉花的拿鐵。

一名戴頭巾的印尼女傭走來接他們進可以當書房的電梯，三面明亮得不見指紋的鏡子，靠裡面擺一張長的靠背皮椅，應該是真皮，老倪沒坐，姚巡官不好意思坐下摸摸是否真的是傳說中的牛皮。

印尼女傭領他們進屋，不用脫鞋，所以腳底繼續發出吃吃摩擦音。

穿高領縐縐白襯衫的邱淑美和老倪握手，再和姚巡官握手，手指不彎曲，快速擦過他手指的握手。

不想又喝咖啡，可是老倪沒拒絕，他不好拒絕。

咖啡用銀盤子端來，除了咖啡還有牛奶、糖罐、一碟餅乾。他想到昺法醫，不能讓他來，來了就不走了。

老倪認識邱淑美多年，一宗股市內線交易案，她是證人之一。

她穿透明果凍高跟拖鞋，腳趾甲抹不客氣的鮮紅色，嘴唇的紅更不客氣，接近鮮血。

「邱小姐，這是妳的錶嗎？」

「不能否認對吧。」

接過錶殼和錶帶看了看，她還回來，

老倪裝沒聽見。

「沒想到還能見到它，二十年了，在北宜公路找到？」

「北宜公路，最近大雨，土石流沖掉一大片路基，露出一輛機車和錶。」

「機車？」她的眼神失去焦距。「後輪擋泥板印了一張女明星的臉孔，日本女星吧。」

老倪轉頭看姚巡官，該他了。

「我們沒找到擋泥板。」姚巡官咬字清楚，像說上日下丙，昺，**正**・**大**・**光**・**明**・的意思。

「你們來，問我機車的事，錶的事？」

「都問。二十年前七月五日，」老倪看看他的電子錶，「快滿二十年。」

「我想想。別客氣，咖啡快涼了。」

老倪端起杯子，姚巡官跟著端起，邱淑美眼神仍擺盪於遙遠的過去，姚巡官只得吃了一片餅乾，咼法醫絕不能來，會在這裡搭帳篷露營拒不撤退。

吃了兩片餅乾，喝掉大半杯咖啡，她的眼神旅行回來了。

「倪隊長下班了沒？開車來？」

未等老倪回答，她已經站起朝另一間房走去，

「留下陪我吃晚飯，多少年沒見到你，我孩子都在美國，你知道我離婚了？好幾年了，久到我忘記他長什麼樣。」

老倪沒機會推辭，姚巡官沒機會等老倪指示。

經過也掛水晶燈，中間一張十二人大圓桌的餐廳，進入廚房，她指吧檯，

「我們三個人，坐這裡吃飯輕鬆。」

從裡往外的排列是晶亮的料理檯、半人高的一排冰櫃、洗烘碗機、不鏽鋼矮櫃，然後是中島，他們坐在中島前面的高腳椅，老倪肚子大，坐上去費了番手腳，姚巡官上前扶穩，台北少了一次地震。

沒得到客人同意，她已經開了酒，老倪未拒絕，姚巡官自然不便說什麼執勤中不宜喝酒。

四碟小菜，她說明：

「鼎泰豐買的，我們家人口簡單。」

一盤紅燒排骨，一條清蒸石斑。

「我們自己做的，吃吃看，我跟名師學的。」

她未坐下，走在兩名客人身後，不時夾一口菜，喝一口酒。

「你們要問二十年前發生的事，我的錶在現場，所以要是我不回答，你們告我妨害公務。」

老倪吃排骨，姚巡官只好回答：

「不至於，請邱小姐協助辦案而已。」

老倪吐出骨頭，噓了肉，喝口酒，可以開口了，

「妳的錶在現場，嫌犯之一。」

「你們找到屍體？」

「骨骸。」

「他終究死了。」

邱小姐喝口酒，走到老倪身邊，兩肘靠著檯面，彎腰，蹺起一隻上下晃動的高跟鞋。

「我律師找得出十幾二十個原因，說明我的錶與死者無關。」

老倪吃了魚，沒有魚刺。

「妳的錶掛在死者右手腕骨。」

是嗎？姚巡官不清楚錶出土時掛在骨骸哪裡，此時不便質疑。

「太巧了，套娃娃也丟不了那麼準。」她伸出右臂，故意張開五根抹得燦爛的手指。

「報上沒看到新聞，我買每家報紙的台北縣版、宜蘭版，連續五天，都沒報導北宜公路事故。」

她手腕沒戴錶，只有以克拉計算的鑽戒，隨燈光閃爍。

「我說二十年前。」她補充一句。

一瓶酒喝了四分之三，大多她喝的。

吃了炒麵和水蓮菜，姚巡官不喜歡水蓮，太老，不好咬，邱小姐家的不同，細又嫩。得到結論，

水．蓮．分．兩．種。

晚餐結束，他們未離開中島，女傭上了茶，並送來長形蛋糕。

「自己做的水果蛋糕，別客氣。五種水果乾，包括無花果，外面賣的絕對沒有，成本考慮。」

老倪不客氣，切了一大塊——體貼的長官，蛋糕送到姚巡官面前的盤子。

「我推死者下去，他抓我的手錶，沒想到手錶掉進他手指之間？」她為自己切了一小塊。

「不，從車牌扭曲的程度看，他和野狼機車被後面汽車撞出公路，掉到山谷。初

步推測。」老倪吃另一大塊蛋糕。「妳沒氣力推截了人的野狼下山。」

「你說我開車撞他？手錶怎麼解釋？」

「沒說妳開車撞他，我查過，妳沒有駕照，二十年前沒有，如今依然沒有，妳從不開車，有司機。」老倪看一眼姚巡官盤中蛋糕，再回到自己盤子。「妳懶得開車。」

「喔，對了，我不會開車，我爸不讓我開。」她的叉子挑散盤內蛋糕。

「誰開的車，二十年前。」老倪吃甜點似狼似虎，兩口嗑光。

「涉及隱私。」

「誰的隱私？」

「我的，不堪回首，不想讓人知道的過去。」

「二十年前死了一個人，妳是協助犯。」

「不，那時我剛滿十九歲，尚未成年，依照二十年前的法律。」

老倪打了個嗝，

「Jennie，我留下吃飯，喝妳的酒，話明說，知道妳不是肇事者，不想拖妳進這宗命案，可是我得知道真相。」

「真相？對我未必有利。」

老倪看姚巡官，又該換人說話了。

她將高跟拖鞋留在高腳椅下，赤腳兜圈子走了大約一千多步，飯後有助消化。

「那天晚上他老婆剛好生產，生下兒子。」

「是。」姚巡官回答。

「二十年來這位老婆不肯申報老公死亡。」

「是，她不肯承認丈夫死亡。」

地磚看來冰涼，她走得快樂。

「聽了難過，倪警官，那女人堅持什麼？」

老倪看姚巡官。

「兒子提早三天誕生，他們夫妻盼孩子好幾年，懷孕後兩人的話題離不開孩子，她不信老公竟然在孩子出生當天死了。」

赤腳摩擦地磚也有聲音，不刺耳。

「難過透了，無法想像她當時的心情。」

她停下腳步，

「那年我十九歲，他二十三歲，從美國回來。」

又開了一瓶酒，姚巡官不添酒，他忙著記下重點，老倪喝得沉穩，一口休息好幾分鐘再一口的沉穩。

「我們兩家世交，我得稱他大哥，他要我叫他 Robert。我爸在宜蘭新建一間透天，田中央，請他們家吃飯，吃完他送我回台北，走北宜公路。他喝了酒，我沒喝，我爸不讓我喝，二十歲前不准喝。」

她端著酒杯未停止腳步。

「別問我車牌號碼，記得BMW貴得嚇人的新款雙座跑車，本來敞篷，下大雨，沒敞篷。車牌不會掛他名下，倪警官清楚，有錢人買車都掛公司名下，節稅，出車禍由司機頂罪，可是那款車當時台灣很少，容易查。」

BMW敞篷雙座跑車，二〇〇三年。姚巡官記下。

「他飆得瘋狂，彎道不減速，半個後輪飄在山路外面，我一直尖叫。長不大的富二代。他現在不叫Robert，改了名字，說出來你們應該聽過，Roy，Robert的暱稱，你們是警察，可以去查，他本姓羅，叫羅伊滿貼切，很少人知道他原名羅本立，二〇〇六年改了名字，沒人在意，反正商場上只稱呼他羅董。」

老倪點了頭，姚巡官記下，並不忘也用力點了頭。

—— ** ——

腦中一直迴盪張寶琳最後說的那句話，她來當鋪玩，該不該約羅曼一起，畢竟想趴張寶琳是羅曼。

老媽傳來訊息：我在店裡。

得趕快去，老媽不知整出亂七八糟一卡車什麼樣的鬼。

巷子平靜，老先生蹓老狗，好像從小就見他牽那條狗到處撒尿。老狗聽說是馬爾濟斯，走路總是往右邊斜，老先生不時拉繩子，免得牠撞上停在路邊的汽車。阿爸常說老人與老狗感情最深，如果老狗先死，老先生會失去活下去的勇氣，像失去老伴那樣。

阿嬸嬤難得快半夜坐在門口舊藤椅乘涼，十一點，照樣三十二度，又沒風。

便利店自動門的叮咚聲不斷，拔掉滅音器的機車駛過大街，魯媽媽發出她否認是噪音的呼叫聲喊十三歲兒子冬冬回家。冬冬在後面小公園的籃球場練背後運球、胯下運球，小傑不小心和他鬥過牛，實在忍不住對他說過：喂，傳球好麼，光運球不會得分。

誰站在圓框鄭前面？

「媽，妳一個人別爬梯子好不好，萬一摔下來。」

智子站在折疊梯最上面擦圓框鄭。

「這麼髒，你和你爸從來不擦啊。」

拍謝，他仰臉看圓框鄭，哥，我不知道你時不時得洗臉。

他扛梯子進店，智子攤開手中抹布當證據，

「看，多髒。吃過飯沒？」

「羅曼的同學請吃炸雞。」

「女同學？」

她有透視時空能力？

「台南來的，羅曼請她看棒球。」

「你呢？」

「我一個人。」

「女同學漂亮？」

她有透視兒子內心的X光能力。

梯子收到地下室，光線明亮，每扇保險櫃的門鎖得緊緊，祖師爺前的香燒了一大半，沒看到陳沐源。

智子有日本人習慣，有事沒事愛拖地，她的拖把往丁排伸，

「讓一讓。」

看到了，一團半透明體往上飄。

「爸摳妳腳，什麼意思？」

「想我啊。」

小傑得好好思考，活著的人想念死掉的人，死掉的人也想念活著的人？

「他告訴妳，死掉以後有另一個世界？」

「我們兩人的祕密。」

「有另一個世界又怎樣？」

「表示他過得不錯，否則過得不好。」

「要我燒紙錢給他？」

「日本早不燒紙錢了。」

「妳在台灣，沒有紙錢台灣的鬼活不下去。」

死不下去？

「把黃阿伯給你的符收好，陳沐源他們不舒服。」

地下室不只陳沐源一個——那個字？靠，祖先到底做哪種驚死人的生意。

驚活人的生意。

「我們怎麼辦？」

拖把伸到小傑腳前。

「你的腳。」

小傑想往上飄，不過他太重，只能往旁讓開拖把。

「陳沐源怎麼辦？」

「等人來贖當，你們家開當鋪不是麼。」

「還有三天，過了贖當期間呢？」

「我們回日本。」

「他咧？」

「別偷聽我們母子說話，回你保管箱。」

半透明體飄到祖師爺那裡，沒進鉛筆盒。

「不關我們的事。」

老媽，狠。

「我們呢？」

「收拾行李，我和阿三的律師大姊明天見面，你爸留給你的財產，」她手中的拖把重重敲了丁拾壹的門，「我監護到你十八歲。」

「哪天出發？」

智子停下手中的拖把，瞪大兩眼看兒子，

「忙完你爸的事。」

「我爸什麼事？」

「摳我腳心的事。」

完蛋，他和老媽的對話進入同心圓，同一圓心，不交疊。

門鈴響，陌生人，或者陌生那個字，不過尚未午夜，小傑三步兩步跳上一樓開門。

瘦高戴眼鏡的男人，小傑仔細打量，有腳，穿沾了泥的慢跑鞋；有影子，很小的影子，因為站在門楣的燈下；身上嗅不到燒香的氣味，汗臭味。圓框鄭沒抖，口袋裡的「雨漸耳」未發熱，很好，不是那個字。
「本店這幾天不營業。」
小傑看貼在門上的歇業通告，不見了，誰偷了？
「我來贖當。」
「當票呢？」
「我媽說姚巡官已經給你們了。」
啊，小傑想起來。
「你是？」
「我陳然，陳沐源的兒子，我媽說他有個東西當給你們，我要贖回。」
小傑未成年，監護人智子坐在櫃檯後，由上往下看著鐵柵欄外的陳然。
「身分證。」
身為助手，小傑認真比對，沒錯，是陳然，父親為陳沐源，母親許如玉。
智子取出兩截竹片，大聲唸出：
「收陳沐源破爛當品一件，為期二十年，典當金額新台幣二十萬元，月息三分。癸未年七月五日。鄭記當鋪鄭原委。」
她並解釋：

「癸未是二〇〇三年，國曆七月五日。」

陳然的手伸進柵欄，

「我可以拿回來了吧。」

智子再唸當票存根：

「典當金額新台幣二十萬元，月息三分。」

「我沒有二十萬。」

「對不起，我們按照當票做事。」

「強盜啊，」陳然吼，「我爸的東西，你們憑什麼要錢。」

「憑當票。」

「我到法院告死你們。」

「請便，不信的話請去問你媽媽。」

「我爸早掛了，我是他合法繼承人。」

「當票是你媽交給姚巡官再送來本鋪，必須你媽和姚巡官一起帶錢來贖。」

「黑店，不要臉的當鋪。」

「請你媽來。」

陳然氣得聲音發抖，

「我爸當什麼東西？」

「贖當回去，你自己看。」

陳然甩了門離去，圓框鄭敲了一陣子牆壁，鼓掌的感覺。

「不讓他贖回去喔，我們留著也沒用。」

「當鋪有規矩，付錢贖當。」

「媽，一定要錢？」

「不收錢你祖先開當鋪幹麼，不如開回收場，賣回收品也要收錢。」

「這麼嚴格。」

他們必須再到地下室，燈光明滅不定，所有保險櫃的門開關得爆出噪音，冷風捲香灰四處亂竄。

「做什麼，安靜。」

風裡傳來刺骨聲音：

「我兒子，我兒子對不對。」

「你為什麼不上去看。」智子快爆發她著名的脾氣，接著她會說，用和爸吵架時的口氣說：「不是沒腳，去呀，滾得愈遠愈好。」

「我出不去。」半透明的蒟蒻在空中一再變形，「你們樓上貼滿符咒。」

智子緩下口氣，

「忘記了，對不起，可是黃師公規定我們不得撕下他的符咒。」

「你們不撕，我怎麼上去。」

小傑搞清楚了，

「未贖當之前，你別想出去。」

「死愛錢，當鋪都沒良心。」蒟蒻變得巨大，罩住智子和小傑，「我殺了你們，不要臉的當鋪。」

智子一手扠腰一手指陳沐源，

「當初你求我公公鄭原委收你破爛當品，怎麼不罵他不要臉。」

蒟蒻往下降，四面八方逼近兩人。

「殺死他們，我們要殺死他們。」

「他們是誰？」小傑回嗆，「我們是誰？」

有老媽在，小傑膽子大了。

「是你們不讓我見兒子。」

忽然蒟蒻落到地面，變成一灘鼻涕樣的東西。

「我兒子。」哭泣的聲音喊，「差一天，我從沒見過他。」

小傑拉回塑膠皮地板蓋住地下室入口，一樓靜得能聽到小虎細弱叫聲。

「壁虎還在？」

小傑點頭，

「應該小小虎，小小小虎了。」

「還是以前那隻，我聽得出牠聲音。」

「那牠年紀很大了。」

「你阿公在的時候我見過。」

「那是老虎了。」

「有牠在，當鋪乾淨。」

「牠吃蚊蟲。」

「不，諸鬼不侵。」

「怎麼辦？」

「不理他。」

「不能把陳沐源還給陳然？」

「小傑，你家祖傳的當鋪，該怎麼辦就怎麼辦。」

「一定要收贖金。」

「收。」
「陳然去告我們怎麼辦？」
「告什麼？告我們當鋪藏了鬼？」

茶水間傳來撞擊聲，塑膠皮地板往上膨脹，轉眼間形成突出的氣泡。
「他要出來，我去抓小虎放到地下室。」
可是不管小傑怎麼吹口哨，小虎不露面不吱聲。
塑膠皮地板脹得更大，一股風從縫隙間竄出，牆上貼的符搧打符腳，門外圓框鄭快速撞擊牆壁。
「我去找黃阿伯。」
智子銳利的眼神盯著茶水間，
「來不及，小傑，拿出『雨漸耳』。」
「會殺死陳沐源，鬼死成聻，永劫不復。」
「誰叫他找死。」
小傑摸出「雨漸耳」，說也奇怪，明明摺了好幾摺的黃符自己抖開，在冷風裡發出啪啪的吼叫。
智子喊：

「陳沐源，退回去，否則你來生來世見不到陽光。」

小傑高舉「雨漸耳」高聲唸咒語。

塑膠皮地板已脹成一個圓球，快塞滿茶水間。

「退下。」小傑喊，「疾疾如律令。」

沒有用，塑膠地板脹出茶水間，脹到母子腳前。

「把符咒貼到上面。」

小傑向前一步，手中的「雨漸耳」伸向那個快爆炸的球體。

當鋪燈光全滅，店外傳來悶雷聲音，一股腥臭的黑色氣體從地板周圍竄出，往智子與小傑圍去。

第四章

敞篷跑車，寶藍色

同一天生日，七月五日

二〇〇三年　北宜公路

邱淑美勉強坐進羅本立的車，明知這是相親餐會，父母費盡心機請來羅董一家，廚師台北來的，海鮮澎湖的，酒是法國的，雪茄古巴的，做女兒得懂事，這叫門當戶對，母親掛在嘴邊的：找對老公，勝過打工三代。

藍色BMW跑車停在門口，他堅持這是寶藍色，不是藍色。好吧，隨便，他的車，他說紅色也就紅色。

「叫我Robert，我朋友提過妳名字，Jennie。」

他故意空檔踩油門製造引擎吼聲，六名老人家站在門口送行，包括阿公阿嬤，兩位媽媽眨貓眼睛搶著說：慢慢開。

老天，買這種耍酷車怎麼可能慢慢開。

爸的名言具體：牛車無引擎也得有噪音，瘦馬更要鍍金馬鞍。

到宜蘭蓋透天突然間成了台北人新的時髦，聽說北宜高速公路快蓋好，四十分鐘信義路到宜蘭。別墅是有錢人的氣派，不一定非住這裡，卻不能沒有，但蓋好之前，只有山路曲折的北宜公路，來時她要爸停車吐了兩次，爸居然不以為然地說：這是賓士，怎麼可能暈車。

住豪宅怎可能失眠一樣意思。

舅舅有次來家裡吃飯，喝多酒講了一堆醉話，她記得其中一段，有錢人分三種，爺爺那代就有錢的、爸爸這代開始有錢的、自己賺到成為有錢的，三種人對待錢的方法相差幾千公里。爸聽得很不爽，他是娶了媽之後在岳父公司當了經理，二十年後進入董事會，晉級有錢人。

賓．士．不．暈．車。哇賽。

車子過了頭城快轉進北宜公路時天色轉陰暗，尚未到九彎十八拐已經傾盆大雨，幸好ＢＭＷ的自動車篷沒故障。

「我，車狂，只要新車上市，我試第一個，台北車商都知道。」他嘿嘿笑幾聲，「我是說義大利和英國車，美國有些車還可以。」

那年邱淑美讀完大一，過了暑假升大二，爸媽讓她選擇，繼續留在台灣或去美國念大學，遲早得去，不如早點去。爸要她坐羅本立的車，順便請教去美國念書的瑣碎事情。

去美國需要了解什麼瑣碎事情？申請好學校，買了機票，如此而已。

不知從哪本沒成為偉人的作家寫的成功祕訣偷抄來，爸有陣子成天說：別輕忽細節，大事業由細節累積而成。

羅本立是細節，羅爸爸手中有銀行、保險公司，在大陸火紅的建設公司，當然是大事業。

羅事業與羅細節父子。

開了車窗，涼風滲進來，得救，車小又拉上車篷，冷氣吹得她縮起身子，七月了，BMW車內有如十二月。羅本立往窗外撒出好幾把紙錢，幾張被風吹回車內，她拿下撲到臉上的再扔出去。

「台灣朋友說跑北宜公路不能忘記撒金紙，嘿，我十四歲去美國，《聖經》說的沒錯，有上帝的地方必有魔鬼，上帝原諒所有的人，魔鬼不來這套。」

她看看陰暗天空，想說卻未開口：你撒金紙表示魔鬼在，那，上帝呢？

風雨更大，雨刷動個不停，她壓抑胃部的不適，低著嗓子，

「開慢點，看不清前面。」

羅本立沒減速，他打開大燈，雨絲閃著銀光。

「信不信，二十分鐘到新店。」

對來車按出拖長音的喇叭聲，車輪濺起波浪狀的積水打至車窗。

他大概酒喝多，話沒停過，一下子美國，一下子日本，沒注意聽，她明天得做出決定，幾所美國大學的通知已寄到，最遲七月底報到。今晚已經先做出另一個決定，絕不和羅本立待同一州。

車子突然減速，車胎咬住路面發出滋的尖銳聲。

「哪個不要命的大雨天在北宜公路攔車。」

她也看到，穿白衣的婦人幾乎站進快車道，手裡抱著什麼東西。

「撞死她活該倒楣。」羅本立吐出嗆鼻酒氣，「找死跳樓更快。」

差一公分撞到，搞不好撞到她的手。婦人白袖子掃過擋風玻璃和車窗，眼睛餘光看到她懷裡抱的那團是嬰兒——還是洋娃娃？依稀聽見嬰兒哭聲，車外風大雨大，她已經關緊車窗，哭聲照樣竄進來。

「要死，你差點撞到她，她抱孩子。」

羅本立沒聽見還是選擇沒聽見，

「這條公路一年死幾十個人，死亡公路，台灣朋友說每個轉角都有抓交替的鬼魂。法克，站到路中央討紙錢齁，明天燒一卡車送你們。」

他得意地笑，吃了兔肉問廚師吃的是白兔還是灰兔那種笑。

「見一個撞一個，台灣人真相信鬼神，開車技術不好怪鬼來抓交替。」他對前面大雨中的公路喊，「找閻羅王學排檔啦，不會開車被撞死沒人同情。」

雨大得出奇，羅本立過彎不減速，加速拉手剎車耍酷，不考慮車內女伴中餐吃太多，胃部食物翻滾至口腔。

「停車，我要吐。」

車子停路邊，顧不了雨，她下車對著排水溝吐得反胃，五臟六腑到了喉嚨。羅本立沒下車，忙著換CD。

「有沒有毛巾？」

他直接，脫下襯衫扔來。擦頭擦臉，襯衫上也是酒味。

這個人腦神經搭錯線？他不管女孩身體不舒服，拍裸露的胸肌說：

「怎樣，練得耀眼吧。」

過了九彎十八拐以為路況不再逼人，雨大車滑，羅本立時不時踩剎車，她更難過。連超兩輛車，她忍不住：

「雙黃線，你還超車。」

「買這種車跑北宜公路，不超車多對不起新台幣。」

說著，他猛閃大燈狂按喇叭再超過一輛貨車。

前面是輛機車，大燈照射它後輪擋泥板上的女人頭像，日本女星，想不起名字，不會是演阿信的山口百惠吧，不，演阿信的是田中裕子。古早的電視劇，前面的機車夠老。

「慢點，上坡，機車爬不快，別逼他車。」

「閃啦，這種破車也能上路，根本活動路障。」他在緊閉車窗的車內吶喊，「破車，讓路。」

他又閃起大燈猛按喇叭，一下子加油門一下子踩剎車，好像快撞前車的車尾燈。機車想讓，不過車道寬度有限，他快讓到樹林去了。

「別叭他。」

「瞎子，看不到我大燈。滾到一邊去，開四十公里，用走的更快。」

BMW的車頭竟然頂機車後面的車牌。

「你做什麼。」

「閃邊，烏龜車，回去賣廢鐵。」

「停車，我不坐你的車。」

「加油門啦，白痴，公路不是你一個人的。」

說著，BMW車頭再次往前頂，隨即剎車，她身體向前，要不是安全帶，早飛到擋風玻璃。機車左右搖晃，她嚇得發出尖叫。

「你幹什麼，停車停車。」

機車朝左邊歪。

「挑釁喔，不讓我超車？」

機車不僅歪，橫向朝左邊車道衝去。

邱淑美看著那輛機車前輪離地，啟動渦輪引擎般往上飛，後輪跟著離地，機車飛進瀑布般的大雨裡，騎士的安全帽脫離，飄在頭部上方，騎士兩腿打直，如同站在機車腳踏板，他甚至鬆開雙手，車子飛向柏油路外的黑暗，騎士舞在半空，扭轉脖子，邱淑美看見那張盡是雨水的驚恐臉孔。

「停車。」

BMW停下了。

顧不了大雨，她拉開車門衝過車道，雨水已經淹蓋路面激流般往低陷處嘩啦啦沖，一塊路邊石翹起根部歪向山谷，水流太急，一隻鞋子脫離腳撞到邊石，轉個圈消失蹤影。不能不趴下往前爬，轟隆巨響，早已鬆動的路邊石掙扎地抖動幾下掉進山谷。

「太黑，用車燈照我，大燈。」她喊。

燈光照到路面，不好，柏油路面缺了個口，水急躁地朝缺口灌去，她爬離水流，一隻手伸進燈光，抓住滿是泥的手，看見另一隻手冒出黑暗，五指摳住路面一公分一公分向前摸索。她伸手去抓那隻手，沒抓到，中間的水流太急。爬到路邊，感覺震動，彷彿路面隨時裂開。摸到另一塊邊石抵住身體，探頭往下看，盡是跳躍得她睜不開眼的水花。

「手電筒，你車上有沒有手電筒。」

沒等到手電筒，用力眨眼，模糊中看到一隻手抓著突出於泥漿的尖石，她匍匐前進，水不由分說鑽進兩條褲管再從胸口噴出。左手往下伸，她大喊：

「握住我的手，快。」

騎士想抬頭，很快被泥水打得垂下，不過鬆開尖石的手抓住她手臂。

不行，騎士的手往下滑，她痛，指甲刺入手臂。

「找東西，長的。」

羅本立的人影遮住車燈，眼前是圓管狀的東西，車用吸塵器，她沒得選擇，另一手接過吸塵器即朝下面伸，

「抓這個。」

騎士的手滑離她手臂的同時，手腕一陣刺痛，錶鍊斷了，幸好騎士抓住吸塵器前面的管子了。

「抓好，我叫人幫忙。」

她扭頭發出吼叫：

「你還不過來，把他機車撞翻還見死不救。」

羅本立站她身後沒動。

「不幫忙就讓開，你遮住燈光。」

她聽到騎士仰臉張嘴發出的尖叫，吸塵器脫手，她看著兩手往上空抓的男人隨泥水下墜。她往下伸長手，一隻手攔住她腰，羅本立吐出的熱氣噴她臉頰，

「讓他去。」

呼救聲消失，泥水從斷裂的柏油路面形成無數道瀑布，聽見樹枝折斷聲，雨水打在路面再彈到她臉頰，騎士消失了，她幾乎能救他上來。

坐在水中，她喘著大氣，車燈前是個巨大人影，一手握刀。

「你是誰？」

人影扔下刀跪在她面前，

「我 Robert 呀，妳沒事？」

「你拿什麼？」

「你——」

她看見光線照著水流中間的長形鐵條，認得，汽車用的千斤頂。

羅本立，發抖的手拉起她，

「快走，道路塌了。」

他放開剛站起身的邱淑美，撿起千斤頂往山下扔。

「你做了什麼？」

羅本立推她進車，忽然間她看見車後的公路出現微弱光線，是輛自行車嗎？這麼大的風雨誰騎車爬坡道，光一閃一閃，光前是穿白衣的婦人，蹣跚地走在大雨裡，她抱的究竟是——

摔進車內，來不及繫安全帶，BMW發出怒吼，整個人往後，車子已竄入前方只剩車燈照射的朦朧山路。

嬰兒的哭聲，她聽得清楚。

二〇二三年

「發生車禍，第一要件，不可離開現場，並馬上打電話報警。」姚巡官說。

「若要自保，拍照存證，現場照片。目擊者，留他們聯絡方式，這樣你有了起碼的物證和人證。如果神智清晰，看附近有沒有監視器，交通單位的、商家門口的，另外，經過車輛上面也有行車記錄器。」

姚巡官稍微皺眉，擠出剛才遺忘此刻追回的另一重點，

「千萬別和對方打架，尤其別用武器。」

「妳看見他拿千斤頂做了什麼？」老倪冷靜地問。

「感覺他打了騎士抓路面的那隻手，否則騎士不會掉下去。」

「妳認為他打了那隻手，可是沒看見。」

「沒看見，我的注意力集中在騎士的另一隻手。」

「抓吸塵器的手？」

邱淑美未回答，伸直腰，將酒杯舉到眼前，像檢視杯內是否有雜物。

「羅本立，英文名字 Robert。」姚巡官看著筆記本。

「說過，他改了名字。我在那年夏天——」

「二〇〇三年七月底。」姚巡官仍看著筆記本。

「七月底到了美國，他比我早回去，可是沒有聯絡，二十年來也沒聯絡。我不想見他，他不敢見我。」

「妳代表他的罪惡。」老倪替大家倒了水。

「妳怎麼知道他改名？」老倪起身扶住站不穩的她。

「聽我媽說的，英文名字改成 Roy，後來拿了美國綠卡，七年前還是八年前回台灣接管他爸的公司，媒體稱他羅董，我上網查，他連中文名字也改了。」

「羅伊。」姚巡官將手機螢幕舉到老倪面前，「老婆美國白人，這是報上刊登的他們結婚照，Roy and Mary。」

「他叫羅伊了。」老倪看著手機。

她坐中島尾端的高腳椅，椅下的果凍高跟拖鞋一隻站著一隻倒著，姚巡官想到宮廟的筊杯，一正一反。

老倪拿開她手中酒杯，

「酒喝夠了，妳家冷氣太強，吹得我肌肉僵硬，想吃點熱的嗎？」

「我叫她弄。」

「不用，外傭休息，我來，煮泡麵難不倒我。」

他翻櫃子，

「別告訴我好野人不吃泡麵，那我們窮人非革命不可。」

「上面櫃子。」

點起火，老倪煮起泡麵。

「你們接下來怎麼做？」邱淑美恢復平靜。

「有副骨骸，知道他是二十年前失蹤的陳沐源，並非意外死亡，謀殺，我們朝這方向追查。」

「牽扯到我？」

老倪手中長筷子攪開鍋中麵條。

「妳的手錶在現場，二十年前七月五日妳經過北宜公路，很難不牽扯到妳，拿妳當目擊證人，拿妳當肇事嫌犯，不然拿妳當協助犯案的幫凶。我們是警察，領妳稅金的公務人員，一定秉公辦理。」

「不管證人、嫌犯，我會被媒體追得沒辦法出門。」

老倪環視偌大廚房和餐廳，

「妳家像度假旅館。姚重誼，你怎麼看？」

姚巡官露出笑容，指那雙高跟鞋，

「聖杯。」

邱淑美低頭，她也笑了，

「神明認可我沒說謊。」

「妳在現場，妳的錶在現場，不過妳不可能在北宜公路健行遇到大雨，妳父母和羅先生父母是妳坐羅本立汽車至北宜公路的證人。」姚巡官看著筆記本。

「他會否認殺人。」

「凶器千斤頂，經過二十年大概採不到他指紋和陳沐源血跡，但千斤頂依然是可供參考的證物。還有機車的車牌經過衝撞，肇事汽車前保險桿一定留下痕跡，我們得找到那輛車。」姚巡官看手機。

「二十年了，他早脫手。」

「二〇〇三年，查監理所資料，麻煩的是汽車掛羅家的公司名下？」姚巡官抬頭看邱淑美了，他總覺得不宜直視這女人，過度刺激眼球。

「你們可以查。」

老倪送來三碗泡麵，清湯泡麵，沒另外加料。

「將就點，我老婆也沒吃過我煮的泡麵，兩位榮幸。」

廚房剩下吸麵條的聲音，沒韓國人豪爽的誇張，比西方人講究的餐桌禮儀差了約七十分貝。

「Jennie，和妳認識也不少年，」老倪抽空從麵條之間吐出話，「妳曉得，小事我可以打馬虎眼，殺人這種大事，我比妳想像的更認真。警察可以講人情，不能假裝不認識法律。」

「我不是凶手，看，對你們說老實話，保證明天早上媒體堵我大樓的大門，害我至少十天半個月不敢出門，你們警察天天送飯菜來。」

「三寶飯、燒鴨飯、池上便當、養樂多，吃吃普通人的正常飲食。」

姚巡官看著證物袋內的錶殼和錶鍊，打斷老倪的嘲諷，

「邱小姐，請問，為什麼妳的手錶，遺落在北宜公路的錶，錶殼刻了妳的名字和B.L.RO。想必B.L.RO是指羅本立，你們第一次見面，他就送妳禮物？」

「那天我生日，我媽對他媽說了。」

「七月五日，生日？」姚巡官和老倪互看一眼。

「怎樣，我生日不行喔。」

「我和老婆第一次約會，想想看我送她什麼？」老倪翻著白眼，「送她一張電影票，忘記片名，布魯斯．威利演的。姚巡官，你看過沒？」

「你想不起片名，我怎麼可能看過，還好不是克林．伊斯威特。」

「克爺演的電影太多了？」老倪咧開嘴笑。

「邱小姐，出事那天妳打過電話報警？」

羅本立發狂似駕駛ＢＭＷ在大雨中奔馳，路滑，轉過一個彎來不及減速，撞到路旁的燈桿，他不能不下車查看，邱淑美乘機跑離，恰好不遠處有座公用電話亭。

「妳撥了電話。」

「電話上面貼了提醒大家守望相助之類的標語、里長電話號碼、歌舞團海報、餐廳名片。等等，還有派出所的電話號碼，我撥了。」

「妳報了警，但話沒說完，斷了，妳忘記掛回話筒。」

邱淑美停下筷子，

「你怎麼知道？」

「我是那晚接妳電話的警員，坪林分駐所小警員。」

「不會吧。」

「剛分發過去，我接到第一通謀殺的報案。」

邱淑美湊到姚巡官面前看，

「不會吧，我們居然有這段因緣？」

姚巡官趕緊喝麵湯，平常他不喝，熱量太高，膽固醇更高。

「不敢。」

「世界上有這麼巧的事。我是說你接我的電話。」

老倪搖他稱得上巨大的頭顱，

「姚重誼，回去好好檢討，邱小姐看上去頂多三十歲，你呢，擠額頭夾死冤枉的蚊子。偷你老婆面膜貼貼，免得到處嚇人。」

「我請同事追查公用電話，果然坪林那裡的話筒沒掛好。」

「他把我抓回車上。」

「撞得嚴重？」

「不嚴重，我那邊的車門凹進去一個大洞，快關不上門。」

「姚巡官，查原廠修車廠。ＢＭＷ雙座敞篷跑車，一般修車店沒辦法做板金。寶藍色對嗎，配不出那種漆。」

邱淑美又要倒酒，老倪把酒瓶移開。

「倪警官，二十年前的案子，過了追訴期吧。」

老倪替酒瓶塞上瓶塞，

「重大刑案追訴期三十年，不過若受害人死亡，沒有追訴期。」

「什麼叫沒有追訴期？」

「追到他死。」姚巡官補充。

吃了麵，喝了酒，姚巡官覺得該他做點事，便洗碗、筷、杯子。老倪有一句沒一句和邱淑美再回憶二十年前的現場。

「凶器有了，得找到BMW確定千斤頂是同款車的配備。妳沒辦法指證親眼見他捶了陳沐源的手，得找其他補充證據。他送妳回家，那天下午。」

「送我到公館，台北沒下雨，停在紅綠燈前，我開了門就走。」

「沒攔妳？」

「他抖個不停，我說他的腳，可怕，再坐下去我會沒命。」

「沒對妳父母提過？」

「沒，我快嚇死。倪警官，我親眼看到騎機車的男人掉進被霧水遮住的山谷。」

「死者妻子那天生下兒子。」

「別讓我更難過。」

「失蹤二十年，他妻子拒絕申報陳沐源死亡，也就鐵了心不再嫁人，不能替兒子另找個爸爸。」

「殘酷。」

「她愛陳沐源，妳怎麼說她殘酷？」

「如果再嫁人，她兒子可以省去沒有父親這一大段黑歷史。」

老倪敲自己頭殼，

「沒想過。姚重誼，女人想法和男人完全不一樣。Jennie，再折磨妳五分鐘幫助消化，那段時間沒其他車輛經過？」

「百分百確定，不然我早攔車，跟他同車簡直生不如死。」

「騎機車的？」

「也沒。問這做什麼？」

「有其他證人就好了。」

姚巡官頓了頓，他朝中島方向說，

「有啊，邱小姐不是看到一個抱嬰兒的白衣女人？」

——＊＊——

哭聲從鼓成圓球的塑膠皮地板裡面傳出，從很遠、很深的地方帶著回音傳出。低而悶，聽得人心煩，小傑聽過，以前樓上住一對老夫妻，有陣子常聽叩叩敲地板聲音，爸說是老先生的拐杖，後來老先生死了，老太太每晚哭，從浴室管線傳來還是樓地板太薄，爸認為老太太窩在棉被裡哭，為此爸檢查浴室，想用吸音棉塞住縫隙，沒成功。半年後老太太也走了，里長伯出面辦喪事，老夫妻兒子在美國沒空回來，託房仲把房子賣掉，老人家骨灰則送市政府富德公墓靈骨塔。

「想什麼，」媽罵，「貼符咒！」

小傑捏著「雨漸耳」，符咒尾端被不知哪裡來的風吹得仰起，上下快速拍打不停。他停下，

「黃阿伯說這個符咒威力強大，說不定害陳沐源變成聻，人死作鬼，鬼死為聻，比鬼更可怕，而且他只是欠我們二十萬。」

「錢小事，如果陳沐源敢向我們挑戰，其他的呢？」

小傑心臟猛然往上跳，媽知道地下室保管箱塞了多少那個字？

雷聲，閃電——當鋪屋頂似乎被打穿，閃電打進來照亮當鋪。

這是四層樓舊公寓，閃電要打也得先打四樓，不可能穿透四樓、三樓、二樓再穿進一樓，可是閃電冒現於未裝潢的水泥天花板，吊著的幾串鑰匙抖動出風鈴似的撞擊聲。

——＊＊——

邱淑美套上高跟鞋送他們到一樓，不知何時起天空被濃雲遮住，遠處雲層內不時

閃出雷電。

「快下雨了。」邱淑美看著快落雨的夜空。

「夏天，午後雷雨多。」老倪摸出口袋的牙線棒咬著。

「凌晨一點多，日文的午前了。」

「離七月五日還剩三天。」姚巡官脫口而出。

「什麼意思？」邱淑美看他。

「妳生日是七月五日，陳沐源，北宜公路死者，他兒子也生於七月五日。」

「真巧。」

「二十年前你們同一天生日，那年妳十九歲，他出生。」

「別加重我的罪惡感。」

他們站在人行道點起菸，邱淑美轉身回大樓，姚巡官情不自禁盯著高跟鞋上那截小腿。

「小姚呀，你哈熟女，這是種病，七年之癢之後的哈熟女心理變態症。」

姚巡官不好意思地傻笑。

「教你，打疫苗。」

「什麼？」

「找間寵物醫院去結紮，你這個白痴，打消勸你來市刑大的念頭，見到熟女立刻崩盤，調你去少年隊，天天和小流氓、小毒蟲混。」

看著兩截小腿進了自動門，消失於電梯。

「還有三天是什麼意思？」

姚巡官回過神，三天後若沒人贖回陳沐源，那抹陰魂將隨風飄逝，或變成日本漫畫裡可怕的怨靈？誰會來贖摸不著、嗅不到的死者靈魂？二十萬加二十年的利息，不少錢，贖回去能怎樣，從此祖先保庇後代發大財？

「生日，離陳沐源兒子和邱淑美生日還有三天。」

「許如玉和邱淑美，小姚，你想買兩個蛋糕？」

——＊＊——

智子對著迫近的膨脹塑膠皮地板大喊：

「我撕光店裡符咒，你敢去見兒子嗎？要是敢，我馬上撕光。」

圍上來的黑氣停在他們面前。

「讓你兒子看你的樣子？」

黑氣快速上下竄。

「二十年，你兒子不知你死活，如今警方找到你骨骸，陳沐源，你死了，丟下兒子和老婆，你死了，法定死亡，取消你的身分證，人世間不再有陳沐源，去你該去的地方，少在這裡裝可憐。」

黑氣顫抖地往後退。

「當初進鄭記當鋪是你的選擇，二十年，我公公居然接受，換成我，大腳踢你出去。我們開當鋪將本求利，不是慈善機構，鄭原委同情你，二十萬元收你這條鬼魂，怎麼，欺侮我和小傑孤兒寡母？許如玉和你兒子也是，鄭原委親自送錢去你家，怎麼樣，哪裡對不起你？離七月五日還有——還有幾天？」

「已經七月二日了。」小傑說。

「還有三天，你自由，我管你去哪裡。」

店內無風，黑氣卻像被風吹散，消逝大半。

智子口氣和緩，

「退回去，明天我讓小傑去看你老婆和兒子。我們開店的當然希望你被贖回去，不過本金和利息一元不能少，這是你在祖師爺面前與我公公訂的契約，你明白毀約的下場吧？禍及三代。」

「我去？」小傑有點懵。

看樣子小傑非去不可，黑氣退得無影無蹤，塑膠皮地板恢復原狀，他終於能喘口大氣。

「我去？」

「你是鄭記當鋪第九代繼承人，你不去誰去。」

「媽，我未成年，妳是監護人。」

「我監護你，不監護前夫留下裝滿死人骨頭的鬼當鋪。」

回家途中，小傑不能不問智子，

「如果我去日本，當鋪怎麼辦？搞不清裡面關了多少那個字，我明天查查，說不定爸留下名冊。」

「名冊？」

「典當在我們當鋪裡的那個字，說不定每天開店前爸先點名，游阿三、鄭傑生、羅曼，免得有個那個字跑出去，我們復興里豈不天天鬧那個字。」

「鬼，怕什麼，他們的名字是鬼，不是那個字。」

「天天鬧鬼，里長伯很慘。」

「小傑，」智子牽小傑的手，「為什麼擔心鬧鬼，鬼影響了股市？影響你的學業？鬼在台北市到處跑，每個路口出車禍？」

小傑想抽他的手，

「媽，我十七歲了。」

「五十七歲還一樣是我兒子。」智子未鬆手。

「不一定，不然我們為什麼農曆七月要拜好兄弟。羅曼說有的厲鬼會附身，人失去理智，復興里很小，一個人發神經，整個里倒楣。」

「有黃師公的符咒。」

「符咒那麼有用？全台灣貼滿符咒，照樣到處鬧鬼。」

「不可能貼滿，也不能貼滿。」

「為什麼？」

智子摟住小傑肩頭，

「你不想把你爸也封住吧。」

爸也在當鋪裡？

第五章

阿公阿嬤在照片裡

他們沒有影子

二〇〇三年　北宜公路

雙門跑車沿著公路往前竄，既無來車也無跟車，山區籠罩在雨霧之中，雨刷剛掃出一小塊視野，馬上又被雨珠掩蓋。邱淑美緊緊抓著座墊兩角，安全帶已拉至最緊仍覺得隨時會飛出去。

駕駛座的羅本立胸部貼著方向盤，臉幾乎伸進前窗玻璃，嘴中喃喃唸聽不清內容的英語，邱淑美偏過臉——

眼花還是車速太快形成的殘影？

一張女人的側臉貼在羅本立臉上，女人張大嘴，羅本立張大嘴；女人兩手抓住羅本立頭顱，羅本立兩手掐進方向盤；女人的白衣穿透椅背飄出後擋風玻璃，羅本立由鼻尖起，前傾的臉孔穿過前擋風玻璃。

車內空氣凝結，邱淑美眨眨眼，以為空氣裡的水珠結成冰柱，以為羅本立與女人重疊的側臉是雕像，她發出無聲的嘶叫，甚至看見聲音化成淡淡弧狀氣體。氣體停在羅本立臉前崩碎，掉落。

她要死了，聞得到腐肉的死亡氣味，汽車將如同機車飛躍而後撞進前面露出獰笑的灰暗山壁。

解開安全帶，艱苦地扭動上半身，推動地球般伸出手掌，她一掌打在羅本立右邊臉頰。

因此當抵達坪林，BMW急速左轉時撞上路邊燈桿，重重的砰一聲，邱淑美以為沒命了，她閉目等待天使或魔鬼的接引。地球停止旋轉，以為能聽到宇宙孤寂的流星掠過天際。

不知過了多久才睜開眼，地球還在，沒有流星。她這邊的車門抵著燈桿，打不開門，不見羅本立，她從駕駛座爬出車，手機沒訊號，前面不遠處有座公用電話亭，她飛奔過去。

話機上面貼滿號碼，光線太暗，神智過於緊繃，她竟想不起任何一個號碼。媽媽的？朋友的？唯一浮出腦海的是25372XX，以前家裡的市話，上學前一天母親要她記住，她人生中第一個背下的號碼，之後呢？之後的號碼全在手機裡面，她的人生鎖進手機。

退後一步，眼前的電話機沒有插卡口，只能投硬幣，她摸口袋，很久不用硬幣，她買東西一向刷卡。

為什麼話機投幣口僅可投一元和五元、十元的硬幣，五十元的呢？

白金顏色的面板冷漠，藍色的框是想表達一些溫暖？

打給一一九該撥什麼號碼？不是就一一九。

她撥了一一九，話筒傳出電訊雜音，整個山區斷電？電話線和輸電線不同系統，停電不影響電話。不可能，不可能同時電線電話線都斷了，被土石流沖斷？

她走出公用電話亭，天色昏暗，坪林沒一戶亮燈，果然停電。風雨停了，周圍依然陰沉得有如罩進一個碗公，心裡清楚右邊是樹林，可是看不到路邊水溝和樹木，只有黑暗。

試著往前邁幾步，一張紙飛到她身上，以為是金紙，竟是電影海報一角，《Die Hard》，布魯斯．威利主演的《終極警探》。別鬧了，她小時候的電影，而且這裡是坪林，哪裡有電影院。

隱隱覺得不對，雨停風止，靜得沒有一點聲音，雨滴、蟬鳴、狗叫呢，七月，夏天了。她甩掉另一隻鞋，路面明明很硬，卻踩進厚厚地毯，五星級旅館鋪長廊的那種——雨後青蛙應該叫得吵人，沒有青蛙。

空氣緊繃，被人掐住脖子，突然喝進冰水的那種緊，得用力才吸得到空氣。

前面是住家還是商店，灰灰空間裡的黑色建築，兩層的，她挪著步子，看見直掛屋子牆上的招牌，阿明照相行。

坪林竟有照相行。摸到冰涼的櫥窗玻璃，她兩手遮在額頭往內看，哇，裡面的人向外看。她發出驚叫，聲音到口腔，說也奇怪，聲音就消失了。

照相行裡面不是人，是張很大的照片，戴西帽男人和戴花邊帽的女人，他們對邱淑美笑，笑得令人毛骨悚然。

她發出沒有聲音的尖叫，照片裡的男女是剛才一起吃午餐的阿公和阿嬤！

轉身往ＢＭＷ跑，眼前的世界只剩下車子的寶藍色，其他灰濛濛，霧，滾動的霧從四面八方捲來，霧有腳。

躲回電話亭，記得沒有門，怎麼多了摺門。

她鑽進去，電話機是白灰色，話筒藍色才對，此時話機與話筒都紅色。

管不了這麼多，她得打電話，打給誰都行，可是她腦中一個號碼也沒。她有很多朋友，為什麼連一個號碼也想不起來，她連家裡的市話也不知道號碼，搬新家後家裡裝了市話麼？

非有個號碼不可。

話機周圍貼了很多廣告單，灰的，浸在水裡多年變得字體淡到辨識不出印什麼字。

只一個，發出光亮，夾在其他廣告單裡，有號碼，被另一張看不清字體的紅紙遮掉最後兩個阿拉伯數字。小心揭掉紅紙，看到了，坪林分駐所。

請注意安全，坪林分駐所二十四小時為您服務。

有號碼，她沒有硬幣。

從哪裡看過同樣畫面，應該是電影。她蹲下身摸地面，有些人遺落硬幣，有些人懶得撿，有些人撿了又掉了。

摸到，一元的，她只有一枚硬幣，冷靜心情，回想打公用電話的手續，先取下話筒，冰得差點拿不起來。聽話筒無聲，沒電麼？投入一元硬幣，嘟嘟嘟，代表可以撥號嗎？按面前坪林分駐所的號碼一個個謹慎撥出，求求你，一定要有人接電話。

以前做過夢，醒來只記得拿手機撥號，無論怎麼按都按錯，她告訴夢裡的自己，穩住，再按一次，又按錯。

「坪林分駐所，你好。」

通了，得救了。

「北宜公路，車禍，快點來，坪林，照相行前面。」

電話亭的門被推開，她發出驚叫，手裡的話筒掉下。

「車子沒事，走，我們下山。」

外面是羅本立，溼髮貼著額頭，喉嚨中間一個洞。

「快點。」

他拉邱淑美，喉嚨中間不是洞，只是陰影。

外面的風雨灌進亭子，不是雨停了？

想再對坪林分駐所說明地點，有根燈不亮的路燈那裡，寶藍色的ＢＭＷ。

她被推進車，羅本立用力關上車門，甩了幾次，車門勉強關上。

「車胎沒事，引擎正常。」他對自己說。

ＢＭＷ滑進公路，她看見被霧吞沒的電話亭，亭子逐漸消失，融化那樣，唯獨紅色話筒垂於話機下，左右搖晃。經過阿明照相行，灰霧朝它聚攏，忽然電來了，店裡亮起燈，看見櫥窗內置於畫架上的大幅照片，一男一女，年輕的阿公阿嬤對她笑得開心。

ＢＭＷ衝進風雨。

二〇二三年

「沒再走過北宜公路，甚至好多年沒去看過我阿公阿嬤。沒辦法，老是想到照相行掛櫥窗的照片。」邱淑美說。「直到北宜高速公路開通，每次經過坪林我貼著車窗往外面看，什麼也沒看到。

「問過他們，阿公阿嬤從小生長在台北，從沒去過坪林。我爸拿他們結婚照給我看，要死，就是櫥窗裡的，一模一樣。」

「電話亭？沒見過，倒是有公用電話，設在路邊大茶壺樓下，聽說前幾年也拆了，大家都用手機。」姚重誼說。「當然記得報案那通電話，只聽到女人驚慌的聲音，沒聽見男人的。聽見風聲，呼呼呼的風聲。那晚下雨，坪林一向多雨，分駐所兩臺除溼機，洗的內衣褲根本乾不了。

「白衣抱嬰兒的女人？邱小姐，跑台九線的貨車司機說過，不過我從沒看過，二十年前的事了，即使抓交替也不用那麼久吧。」

姚巡官至監理所調出資料，果然找出重要證物的ＢＭＷ寶藍色雙門敞篷汽車，幸好未報廢，沒當成廢鐵賣至海外。這種拉風的二手車，東南亞、非洲很多國家搶著收。

監理所的老黃從電腦裡列印出資料，居然換了七手。

「拉風呀，不管多舊，光雙門跑車就吸睛，還敞篷，手排，到海邊轉幾圈，半小時內裝滿穿比基尼小馬子。保養費高，開個幾年賣給另一個愛炫的人。七手，好車不愁賣不掉。沒錢買新車的，玩玩舊車過蓋高尚的雅痞癮。」

車子最早的確掛在羅氏企業名下，公務用車。二〇〇三年三月出廠的新車，六月十一日在台掛牌由羅氏購入，七月二十一日即賣出，換言之，羅氏企業僅擁有這輛汽車一個月又十天。現在的車主住花蓮。找當地派出所協助，做事俐落，中午傳回訊息，車主違停、超速、未準時驗車、酒駕、肇事逃離現場，吊銷駕照三年。車子重新烤漆成奶黃色，停車庫，已經一年未開，電瓶沒電，輪胎沒氣，看不出來曾用來作姦犯科。

雖然意料中的事，姚巡官不免沮喪，這輛汽車很難當成證物。

拜訪ＢＭＷ維修廠，調出維修紀錄，二〇〇三年七月七日送廠整修，項目包括板金、換胎、換前保險桿，和邱淑美形容的一致，可惜經過二十年，前保險桿換新，舊的早不知當廢鐵壓成幾次。維修廠列印出修理明細，前保險桿外，尚有右車門、右前車燈、引擎蓋板金、四顆輪胎，一共花費十一萬元，發票開羅氏企業，維修廠留有影印單據，勉強能給檢察官當證物。

有個大問題，汽車的擦撞傷仍無法與陳沐源之死構成關聯，再說車禍肇事的追訴期僅六個月，早過了，無法憑此起訴本名羅本立的羅伊，甚至不能以酒駕起訴，等於明知凶手是誰，卻拿凶手無法可辦。

市刑大老倪和蒷法醫先後傳來訊息，經過ＤＮＡ比對，北宜公路山坡尋獲的骨骸確是陳沐源。遺憾。從骨骸狀況來看，無法判斷是否遭撞擊而墜落山谷。千斤頂查不出血跡或指紋，只有惡臭的泥巴。尋獲的機車確為野狼，撞成ㄟ字形的車牌，難以界定被後車所撞或落下山谷時撞到岩石，但送電腦斷層檢驗，發現左角略向上捲，鑑識組與車輛專家研判後車撞野狼車牌左下角，由彎曲程度可以相信撞擊力量極大，接著再撞車牌左側上方，導致後輪往右歪，因此野狼車頭向左，滑過對向車道，跌落至左邊山谷。

只能推斷，無實質證據。

失蹤二十年的陳沐源，依法宣告死亡。這次，戶政單位不必等候許如玉的申請，電腦上一行字：二〇二三年七月二日檢察官判定死亡。

陪許如玉去台北市相驗暨解剖中心領回骨骸，蒷法醫幫忙，就近於二殯焚化，即使只剩骨頭仍需火化，似乎不如此不能驗證陳沐源百分之百的死亡。

離開火化場，一名二十歲左右的年輕人站在外面等候，許如玉上前抱住，

「來了。」

她抱了許久，年輕人戴墨鏡，看不清他表情，這是殯儀館，不會帶微笑。

「這位是幫我們忙的姚巡官，我兒子陳然，長得像他爸，個性像我。」

他是陳然，離家幾天，終於出現在父親的火化現場。

握手，手心熱的。天熱，心熱。陳然沒多理會母親，把姚巡官推到一旁。推警察，可以提起公訴。

「他真是我爸？」

「和你的DNA比對過，相符，你爸沒錯。」

「怎麼死的？」

「就目前已掌握的證據，研判騎車走北宜公路因大雨影響視線，不慎連車帶人墜入山谷，當晚大雨，被土石流掩埋而窒息身亡。」

「你們警察，我爸失蹤二十年，換來窒息死亡？」

「請說你的看法。」

陳然摘下墨鏡在半空中揮舞，神情激昂。

「他怎麼能說死就死，我等了二十年，浪費二十年。從小學起填到家長那一欄，本來寫失蹤，老師問為什麼失蹤，我操怎麼知道失蹤。國中填父不詳，老師不敢多

問，可是問我媽，我媽罵我你不是父不詳，你爸有名有姓，陳沐源，失蹤而已，不是不詳。高中乾脆填離婚，班上三分之一同學父母離婚，簡單多了。我媽罵，我從沒和你爸離婚，如今我還是他老婆，不信你查戶口名簿。」

他說得臉紅脖子粗。

「今天起我該填父死亡，更簡單，別人連問也懶得問是麼？」

「你父親的確死亡。」

「我等待，我困惑的二十年呢？好不容易他有了下落，死亡。二十年來你們吃什麼的！」

姚巡官拿出菸又收回去，

「是的，死亡畢竟是個答案。」

「是不是被人謀殺？我找到網站的新聞，台九線尋獲無名男屍，警方透露極可能車禍遭汽車撞下山，撞我爸的人呢？」

「市刑大調查中。」

「給我答案，受夠我媽，從小到大問她我爸呢，永遠得不到答案，外公外婆要我別問，我媽夠辛苦。廢話，我不清楚她辛苦？」

「她怎麼說？」

「失蹤。你懂失蹤的意思？跟別的女人跑了，不想和我們住一起。我出生那天他失蹤，我只能猜。同學說我命中帶煞，我爸被我剋死，最合理的解釋。」

「與你無關。」

「給我一個安慰人心的答案，別說疑似車禍事故死亡，不能說服我。天雨路滑他摔下山，你們為什麼沒請消防隊搜尋？被後面汽車撞了摔下山，誰撞的？我爸失蹤二十年，被我剋的？說我剋的也行，我認，不過我剋的話至少也要有八字不合之類的證據。哪裡不合？操，你們憑什麼沒收我的二十年，警察全是白痴，不是你們家人就無所謂，隨便說個失蹤，他是大男人，那麼容易失蹤，誰相信。」

「台灣每年失蹤──」

「少來，我調查得比你詳細，失蹤不外乎老年痴呆走不見，小孩被人綁走，離家出走，百分之八十五失蹤人口後來被找到，不叫失蹤人口，走失罷了。我爸不在你們失蹤數字裡面。找不出原因？我們要警察有什麼用。」

姚巡官看看休息室屋簷下的許如玉，從初識時美麗女子成了憔悴的婦人，二十年後，她有機會走出悲傷，找出人生另一扇門麼。二十年會不會減少她悲傷的程度？

陳然不會。

「我的父親，」姚巡官彷彿自言自語，「姚志伸先生是個工人，勤奮，話不多，每天一早帶我媽做的便當上工，晚上回家，工地近的，六、七點，工地在桃園、新店，七、八點。回家洗完澡坐在客廳沙發喝啤酒看電視，看到睡著，我媽叫他起來吃晚飯。和他同事、客戶講的話比對家人說的多幾十倍。」

「說你爸幹麼？」

姚巡官未停止，他非說出來不可。

「我和我妹長大搬出去住，有時帶孩子回去，等他到八點才吃飯，他摸每個孩子的頭說回來看阿嬤啊，你幾歲，是重誼還是瑞美的孩子，長這麼大了。說完，不是去外面講手機，就翻冰箱找啤酒。講完回來問我們既不過年也不過節，回來有什麼事。我妹從冰箱拿出蛋糕重重摔在餐桌，今天你生日。」

伸手擋住陳然的嘴。

「讓我講完，很快。他六十九歲，背不好，腰不好，抽菸太多成天咳嗽，木匠，還是有忙不完的裝潢工作，以前賺錢養小孩，如今賺錢說要帶我媽去日本旅行，從四十歲說到現在，連澎湖也沒去過。除夕夜吃飯，我媽我妹我老婆在廚房裡忙一下午，上菜了，他照樣在電視前睡著，呼聲大到廚房也聽得見。」

陳然瞪大眼，

「說這些什麼意思？」

「別誤會，不是不愛我爸，小時候想像過，如果我爸是另外一種人，送我上學啦，教我下象棋，全家去露營。你出生那天，父親便失蹤，你以為你媽為什麼不申報他死亡？一，她愛他，抱著他仍活著的最後一絲希望。二，希望你成長過程有個父親。你想像過你爸的樣子？有天一輛大轎車開到你家門口，下來穿西裝打領帶，送真皮棒球手套給你當禮物。他抱著你說，拍謝，我車禍失憶二十年，上個星期突然恢復記憶，到處找你們，終於找到。回來了，我再也不離開。」他換口氣馬上接著說：「你媽的堅持使你有了二十年幻想期，你虧在哪裡？上學填你爸失蹤、離婚、死亡，委屈你了？記住，你媽堅持你爸失蹤的一個重要理由，你有父親。」

陳然眼露凶光，想否定姚巡官的話，但很難否定，他的憤怒卡在喉嚨。

「以為你爸想搞失蹤、想死？距離你誕生的預產期兩、三天，他騎車到宜蘭拉保險，喜歡飆車？你快出生，他得多賺點錢。我爸那輩以為工作是一切，賺了錢能養孩子，供我們念大學，留在工地時間長，見到小孩不曉得怎麼表達關心。你想罵我至少有爸爸？你也有，他媽的，你媽用盡二十年黃金歲月替你留住爸爸。對警察不爽，每個警察的希望一樣，大家快樂出門，開心回家，沒有車禍，夫妻不對砍，流氓放暑假，我們可以在派出所喝茶聊天爽領薪水。陳然，對你爸的死，警察沒放棄，用我的警徽向你保證，不然我為何在這裡。」

沒給陳然反駁機會，姚巡官進樓找咼法醫討茶喝。

不要茶，天熱到衣服黏皮膚，最好來桶冰水，朝頭頂淋。

——**——

他們端著冰水站在二樓窗前，熱天，弔喪的、死者親屬、和尚道士個個汗流浹背，腳步比心情沉重。

「你罵了他一頓，罵得很——很《吾愛吾師》，主題曲〈To Sir With Love〉，你懇求，我哼一段給你聽。嫌我的時代太老？很《放牛班的春天》怎樣，一堆小朋友很會唱歌，你也沒看過。你爸不懂和孩子相處，嘿嘿，我懂，小孩子把我們當玩具，任他們折騰，他們高興，我也高興。欸，你年紀太大，我不收滿臉皺紋的乾兒子。」

「昺法醫，天熱，令人想喝啤酒。」

「我這裡是解剖中心，不是酒館。」

正說著，一名白袍實習生遞來兩罐台啤。

「誰規定你們可以在我這裡喝酒？」

「不是我的，昺老師冰箱裡的。」

實習生用袍腳抹抹手，

昺法醫將啤酒罐貼面頰，

「涼呀。」

姚巡官在罐子上找字，不過字太小，他得去配老花眼鏡了。

「昺法醫，啤酒也有保鮮期限，你哪一年買的。」

「太計較，有礙人生發展。」

「你對陳然講半天廢話，期望他了解許如玉對陳沐源和兒子的感情，隱藏在內心深處的感情，好心啦，不過我得吐槽幾十字，你爸和他爸比不到一起，你想像你爸，他想像他爸，不能當平平都是肉，放同一個鍋子裡煎煮炒炸。」

夏天得冰得冒水的啤酒，瓶裝的更好，生啤酒更更好。老昺少說點話更更更好，太熱，擔心他聲帶起火。

「孩子難教，以為父母因他們而存在，不明白父母也有自己的人生。」

姚巡官舉起啤酒罐，

「敬昺法醫，我對陳然說半天，不如你一句話。」

「哪句話？」

「別計較啤酒保鮮期。」

陳然走前面，兩手捧骨灰罐，後面是許如玉，後面還有個年輕女孩，八成是陳然的女朋友。許如玉朝後伸手，拉女孩到她身邊，三個人是今年二殯最孤單的送葬行列。

「也最窩心。」昺法醫說。

姚巡官同意，家的感覺。

「人哪，愛老婆愛孩子，愛朋友愛親人愛同學，牢不可破的感情堡壘。那些貪官汙吏懂得愛嗎，成天只曉得收錢，收了甲的錢，一定有個乙倒楣，連這種道理也不懂，全部槍斃。」

「昺法醫，你也收紅包，出門驗屍，收家屬紅包三千元。」

「兩回事，我們收走路工錢。」

「五萬元以下不算貪汙，法律規定。」姚巡官拍腦袋。

昺法醫斜起眼睛，

「不必道歉，姚重誼，在此我保證不收你家屬的紅包，你的屍體我千山萬里驗，還送白包，三鞠躬，到時看我怎麼把你挖心剖腹，拿麻繩縫合傷口。」

凡是醫師皆不可得罪，包括不能告他們毀壞屍體的法醫。

——＊＊——

羅蕾開口說話原是樁美事，羅媽媽高興得笑口常開，羅曼則更加陰鬱。

「事情不妙，陪我找我師父。」

「不妙？」

「看過嬰兒長大沒？我表姊以前工作忙，把我家當育嬰中心，我媽沒空我爸當保姆，我爸沒空輪我哥，你瞭我哥，一天只回家五小時，含撇大小條與睡眠，最後老么的我兩年前才脫離尿布，就得壓那個苗。」

「揠苗助長。」

「國文好，去念台大。我陪我表姊的屁孩揠苗助長好幾年，你呢，媽寶。」

「外甥，我是說你表姊的小孩是你外甥。」

「隨便。聽過嬰兒語沒，火星語，哼哼啊喲，講一句噴五百顆口水，靠，完全不顧公共衛生，大人姑息養奸，換我要是吐口水，被罵到頭皮破裂。小屁孩長大到會喊媽，驚天動地，表姊淚流滿面耶，感情脆弱，抱她的屁孩，親親小寶貝，你會喊媽了，再喊一聲我聽聽，她敢說，我不敢聽。我表姊說，等等，親親小寶貝，我撥手機給你爸。實在聽不下去，我對我媽喊媽，猜怎樣，她看也不看我，老二，不幸，你今天要不到零用錢。隔一陣子小屁孩會講句子，連不起來的句子，大大，大大，床。這算人類嗎？上帝造人存心汙辱人。我表姊爽到爆，收床單上那坨大便還哼泰勒絲的〈給我一個家〉。」

「泰勒絲沒唱過〈給我一個家〉。」

「好不容易小屁孩講的句子長多了，對下班回來的我媽喊，牛奶，不給我。」

「你偷喝他牛奶？人的行為嗎？」

「他以為牛奶全是他的，我喝我的也不行，欸，牛奶盒上我用麥克筆寫了曼OK。從小流氓。別搞混我的思緒。他亂拼句子，像晚飯，他指我的碗，舅，肉大大。抓耙子，人神共憤，等他十八歲看我怎麼扁他，扁到哭爸哭母。」

「你是他舅舅。」

「舅舅更有權力海扁他，扁到他永遠記得記仇是人之本性。欠的債，江湖碗公大，走夜路撞到祖先十八代，遲早要還，仇恨像醃泡菜，發酵、壯大。」

小傑快聽不下去，今天還沒看到羅蕾，開始想念。

「瞭了沒，小孩講話有進化過程，羅蕾太快了，不像人的進化。」

「那個字也會進化？」

「我就是這意思，進化到根本可以認定她是那個字。」

他們進了羅家，里長伯露出詭異的笑容出去，沒打招呼，樓梯間聽得到羅媽媽的狂笑聲，比中樂透還興奮，說不定她真的中了大樂透，去宜蘭蓋農舍。

「妳再說一次。」羅媽說。

小傑與羅曼踏進屋內來不及脫鞋，聽見羅蕾用稚嫩的奶音說：

「蕾蕾中午想吃魯肉飯，※&**75◇…〒、黑白切和+9~﹏㊣▽※[illegible]啤酒，叫老黃來。」

兩個男生面面相覷，這是啥？

「魯肉飯，黑白切，好，妳太小，不可以喝啤酒，換別的，牛奶、果汁。以後把拔講的話不要學，男生講的話不乾淨。」

「早上喝過牛奶，&□◎…→果汁，我去巷口買%☆₤π 珍珠奶茶好了，去冰，馬麻說小朋友↗ ϐ88—*╫ γ…▽吃冰拉肚子。」

他們不敢脫鞋，以便隨時往外跑。羅曼拉著小傑，

「我媽在，先救她。靠背，是不是那個字？」

小傑覺得不像那個字，

「妖怪。」

「對齁，我早說過。」

「她說話中間夾了什麼聽不清的火星語？」

「昨天晚上大部分火星語，今天少多了。她進化，驚死鬼，澈底火箭速度進化。」

「你說了那個字。」

「看，我快起肖了。」

被羅媽媽見到，於是羅曼和小傑得去買魯肉飯、黑白切和珍珠奶茶，羅曼揪未甘，

他一再表明自己是哥哥，不是奴隸。

「她到底講什麼？」羅曼偷吸羅蕾的珍珠奶茶。

「你師父以前說嬰兒誕生仍帶著曾在陰間生活的記憶，語言和人不一樣，千歲宮的乩童，記不記得，神明附體說的話也沒人聽得懂，得找桌頭翻譯，有時桌頭也不懂。」

「仙語，神明附體說的是仙語，不是陰間生活的記憶。」

「嬰兒一個人在屋內不是有時會笑，有時像跟別人玩，講一堆話。」

「別嚇我，日頭赤炎炎。」

「你師父說嬰兒五歲以前還看得到陰間的朋友，圍在周邊的那個字，他們語言相同，意識接近，自然玩在一起，講陰間的話——很煩，講鬼話。」

羅曼停下腳步，鬆開吸管，

「你五歲前講過那個話，還記不記得？」

「哪記得。」

「你聽過我講那個話沒？我們不是青梅竹馬，交換尿布的鐵兄弟，聽過我講火星語沒？羅蕾不一樣，她長那麼大不會說話，一下子會講了。」

「為了炒米粉。」

他們停在樓下，羅曼已經喝掉半杯奶茶，沒辦法，天氣太熱，心情太緊張。

「等下你盡量翻譯，聽懂多少翻多少，搞不好她唸咒語，我媽危險。」

「請黃師公來。」

「我媽不准師父來，她罵我師父精神有問題，叫我師父回去吃藥。」

「你師父耶。」

「啊想怎樣，扁我媽？叫我大義滅親喔。」

羅曼手機響。

「我媽，她會不會求救？」

「接電話呀，求救的話她會打一一九，不會打給你。」

「你對一次。」

羅曼對著手機說：

「在樓下了，有，都買了，珍珠奶茶啊，有啦有啦。」

他收了手機，看手中空了一半的奶茶杯子，

「怎麼辦？加自來水。」

羅曼跑到一樓蔡媽媽家洗車的龍頭，對著杯子加滿水。

「她小朋友，喝自來水拉肚子，腸病毒。」

「你和我一國還是和她？」

事情嚴重了，不是羅蕾喝了奶茶立馬上吐下瀉，而是她講話更人間。

「哥哥好慢，X=*□↙魯肉飯、黑白切，我和馬麻一起吃，%4 ╞ïï…∈我去拿筷子。另外一半哥哥和小傑哥哥吃，%^69# 8★哥哥自己拿筷子。」

羅媽媽與羅蕾在餐桌吃中飯，羅曼和小傑坐到沙發吃，他們奴隸那樣不能和主人同桌吃飯。

「聽到她說話沒？」

「嗯，講得很好，就是摻了很多亂碼，收訊問題。」

「我家收訊一向全里最好，別牽拖中華電信。其他呢？」

「你妹愈來愈正常。」

「愈來愈不正常才對，她是那個字，腳不見了，走路阿飄，吃飯露出尖牙，看不到影子，照鏡子照到伸出長舌頭眼睛冒血的真面目，愛吃血淋淋一分熟的牛排才正常。她昨天還不會說話，你聽見，敢叫她哥哥自己拿筷子，恁伯斬乎死。這樣下去，明天早上她背韓愈的〈祭妹文〉給我們聽。」

「你覺得不正常就不正常，她你妹，不是我妹。等下去千歲宮找你師父？師公見多識廣，我爸很信他，對付那個字只能靠師公，不能找警察。」

「你拿雨漸耳出來，等下偷偷貼她背後。」

「不行，威力太強大，你師父不同意。」

「我師父的雨漸耳用黑狗血寫的，天下無敵，給她死。」
「你妹妹，不能亂搞。」
「我媽怎麼辦？」
羅媽媽笑咪咪看著羅蕾，一手拿起奶茶杯送至嘴邊，羅曼正要開口阻止，羅蕾先說了，她的小胖手也抓住杯子，
「馬麻不要喝奶茶，哥哥加自來水 *666—# 不乾淨，會上吐下瀉。」

「小傑，我同意你一次，她是妖怪。」
「酷妹，隔空看破你手腳。」
「我死了。」
「不會，黃阿伯說你的命硬，好死賴活的賴活命格，很難死掉，死得不乾不脆，死得痛不欲生，死得恨不能早點死。」
「有心情講笑話齁，鄭傑生，你這人夠讚，朋友有難，你旁邊喊燒。」
「坐著看笑話。等下去找你師父，他一定有辦法。」

——＊＊——

「你爸摳你媽腳心的事，不尋常。」

黃阿伯坐在小店前吃魚皮粥，抽太多菸，年輕時愛吃檳榔，牙齒掉了一半。

「我媽說是她和我爸的約定，我爸摳她的腳表示死後另外有個世界。」

「不止。」黃阿伯看著粥，炯炯有神的目光快把粥射得冒煙。「如果只是告訴你媽死後另有世界，不必連續摳三天。」

「我爸昨天晚上又摳我媽了？」

「早上她對我說過，我想了很久，陰陽分界，託夢，可能，為什麼一直摳腳心，想不通，除非——」

除非爸見媽回來了，睡在他們的床上，爸太高興。爸一向外表冷漠，可是高興起來很傷腦筋，媽說的，用科學詞彙，過度激動，對心臟不好。

「除非他有重要的事想告訴你媽，陰陽分界，沒辦法面對面說。」

「那怎麼辦？」

黃阿伯右腳架在左腿上，迫使他喝桌面的粥時得弓著背以接近碗，不容易吃，還滴了幾滴在桌邊。

「我想。今天忙，想很多事。」
「師父，你還想什麼？」
「也是鄭家的事，快到期的當票。」
「管他。」
「羅曼，我和鄭原委、鄭鵬飛是老朋友，他們信任我，鄭原委還是千歲宮董事之一，鄭記當鋪的事我不能不管。」
「先管我們羅家的事。」
「你們家沒事，羅蕾漂亮可愛，大家喜歡，她不是長得快，是追得急。」
「聽不懂。」
「來了。」
姚巡官與蒷法醫走進千歲宮前的廣場，太陽正中央，他們沒有影子。

——＊＊——

違背老倪的交代，他守在信義區這家夜店外，看著羅伊下了賓利大轎車進夜店。他裝散步接近賓利，虎背熊腰的司機下車抽菸，月夜裡，他抽得用力，仰首吐出煙。上網查車牌，賓利歸羅氏企業名下，業務用車。

三個小時後看羅伊咬著雪茄帶兩名高䠷女孩步出夜店，巨大的司機為他打開後座車門，一個女孩先上，接著羅伊，接著另一女孩，賓利亮起方向燈，無聲無息滑進無風無雨的信義路。

壓下情緒未上前詢問陳沐源的事，沒有證據，不可打草驚蛇，老倪橫眉豎目地說。因此姚巡官坐在車內看著賓利消失，一直覺得哪裡不對勁，否則哪裡太對勁，想得頭痛，就在他推開車門打算下去嘔吐時，看到了，對面一個穿白衣的婦人，不是一般的打扮，映著夜店五彩燈光變換顏色的長袍，手中抱了團東西，姚巡官不用上前查問，她抱著一個用小棉被包裹的嬰兒。站在不久前停賓利轎車的位置。

她來了，邱淑美沒說謊，的確有這名婦人，她能出庭作證嗎？如果她出庭，法官採信她的證詞？

忘記嘔吐，他開車迴轉悄悄接近婦人，然後打開大燈。啪，電線走火那樣，白色光影爆出火花，消失得無影無蹤。他下車過去，蹲下身撫摸那片婦人之前站立的路面，一團水，冰得令他立即縮回手。

抬頭看，台北市區光害嚴重，看不到星星。嗅嗅指尖摸過的水，帶著奶味。

頭又開始痛，腦海中浮出什麼，想不出那是什麼，他得集中精神，排除其他不時竄出的騷擾，那是什麼？奶味、帶嬰兒的婦人、陳沐源、邱淑美，羅本立駕駛的寶藍色BMW急速甩尾通過彎道，他看到某種一閃即過的影子。

進入警政署網站，鍵入密碼，一頁頁滑動，看到了，二〇〇三年一月八日北宜公路一件車禍，住在坪林的林姓婦人騎機車買菜，她住坪林，僅騎不到一公里的距離買菜。上網看地圖，她離開家，騎一段路，上北宜公路行駛大約八十公尺，轉進坪林的縣道，沒轉進去，被一輛機車撞了。

二〇〇三年一月八日，五個月後，姚重誼分發至坪林分駐所，他不認識林姓婦人，不知道這宗車禍慘案。

死者林姓婦人的丈夫在台北工作，出事時她懷孕八個半月。

他十隻指頭插進頭髮，痛，固定夾座夾住頭部兩側往中間擠壓，腦漿快被擠爆那樣的痛。機車、買菜、懷孕、超速車。王八蛋，他發出沙啞的吼叫，妳抓錯交替，該抓羅本立，不是陳沐源。她為什麼誰也沒抓，等到今天？

快天亮回到家，妻子睡得發出微微鼾聲，結婚不久她提出體諒老公工作的底限，不管多忙，忙到幾點都得回家。

躺上床放鬆肌肉，天氣熱成這樣，妻子和孩子在家很少開冷氣，甚至帶孩子到便利店念書，但他回到家她一定開，孩子發出歡呼聲。夏天，省電費是家庭主婦的重要工作。他轉過去摟住妻子，溫熱的肉體傳出含糊不清的呢喃，回來啦，冷氣開了。

握住依然彈性十足的乳房，妻子摟住他，手指伸入他的內褲。手停住了，她又發出鼾聲。

抱著熟睡的妻子，他不在乎當個小巡官，一輩子最大成就無非升為台北市一級派出所的所長，他倒是覺得當副所長也不錯，省去跑分局開會，多點時間陪家人，不要像父親，四十多年了，學不會和孩子相處，他明白失去了什麼呢？

晚上不會有人摳他腳心，他不願想像死後是什麼樣的世界，連現在的世界他都沒搞清。那個穿白衣的女人目睹羅伊撞死陳沐源，替陳沐源復仇，二十年後仍等在夜店外等機會？

睡沒多久手機響了，講了幾句跌跌撞撞離開臥房找廁所，妻子訝異他怎麼早起，才六點半。

「送小朋友上學。」

妻子撇嘴罵，

「忘記他們已經高中生了麼。」

「開玩笑，希望有天孩子開車送我去上班。」

「做夢。」

妻子炒蛋，滿室香味。

「昨天晚上好像欠你什麼。」

「不欠，妳睡得地震也搖不醒。」

「欠。」

「好，妳欠我一次。」

「今天早點回來。」

「遵命。」

夢見白衣婦人，夢見山道奔馳的汽車，聽到電話鈴響，他抓起話筒，聽得出是邱淑美的聲音，他回答，待在原地別動，我馬上到。

北宜公路沒有照相館，沒有公用電話，但有位站在路中看著ＢＭＷ離去的抱嬰兒白衣婦人。他的頭不痛了，一切得回到事故現場，北宜公路坪林段。

「想什麼，又有案子？」

「市刑大倪長官來電話。」

「又死人了？」

「不重要，吃早飯優先。」

沒吃成早飯，老婆煎蛋夾進燒餅叫他帶在路上吃。老倪十萬火急又催一次。路上沒機會吃，見到老倪的臭臉更沒法子取出背包內的早餐。

「沒睡好？」

「我得去北宜公路一趟。」

「重走現場？二十年前的現場留下來的證物全在這裡。」

「不，我思考一晚上，如果我是羅本立，在北宜公路撞了人，警方未發布任何消息，我會怎麼想？」

「你？你怎麼想？」

「我是羅本立，找市議員問候市刑大的倪大隊長，呷飽未，來飲茶，順便問昨晚北宜公路發生什麼事沒。」

「二十年前？你要是羅本立，不可能找市議員問我，撞了人，嚇得褲子溼了，問我豈不沒事變有事。」

「不敢問你，可是心懸在半空，吃不好睡不好，昨晚撞了人，難道警方刻意壓新聞，私下摸到線索正一步步追凶手。」

「還是一樣，嚇溼褲子，趕緊訂機票逃出台灣。媽的，買紙尿片去。」

「換成我是羅本立，擔心一天，非回現場看看，如果警察圍住現場，不妙，如果沒警察，只有修路的工人，我下車問，出了什麼事？工人回我，昨晚土石流，一段路面被沖掉，我們修路。我可以回家睡覺了。要是工人回我，昨天晚上撞死人了，一輛機車連人被撞下山，我不訂機位，馬上去機場有飛機就上管它飛去哪裡。」

「羅本立不到現場問一下工人，不安心？」

「非得自己去，不能叫朋友還是公司裡的人去看，不能安心。」

「背心癢得自己抓，別人不知哪裡癢。」

「長官英明。」

「二十年了。」

「不論幾年，羅本立改名字為羅伊，英文名字改成 Roy，娶了美國老婆拿美國護照，他還是怕。」

老倪不置可否，看起手機。

「記不記得以前台北市警局交通警察大隊的葉老大？退休十年待在羅氏企業保全科，公司車輛由他這個單位管理，他說呀，羅董，羅伊爸爸的那位老羅董，要求大小事情一律留下紀錄，人員進出辦公大樓的時間、使用車輛的時間和職員、汽車保養細節，司機出勤回公司得登記去哪裡，跑了多少公里。醒了？」

醒了。

「巧的是昨天晚上酒測，一輛羅氏企業汽車被攔下。」

「賓利？」

「豐田 Camry，黑色。駕駛拒絕接受檢測，開車逃逸，撞了另一輛車，他老小子扔下車逃跑，員警追了一陣沒追上，肇事車輛由拖吊車拖去交通隊當證物，目前我們正和羅氏企業聯絡，要求提供 Camry 資料和駕駛名字。沒得到回答，我找葉老大，剛才他回了訊息。醒得不用喝咖啡了？」

咖啡可以晚點喝。

「姚重誼，現場在車子。」

能對老倪說昨晚他見到了邱淑美說的白衣婦人？

葉老大一年前從羅氏企業退休，每天早上不改習慣地搭捷運到南京東路三段這家咖啡館看報吃早餐，不如此開始，人生無法繼續。他抖抖手中報紙，

「吃過了？三明治和咖啡？」

「咖啡就好。」姚巡官掏出老婆準備好的燒餅夾蛋。

「別開玩笑，這家店我們交通隊老同事女兒開的，可以帶寵物，不准帶外食進來，三明治和咖啡。」他對櫃檯內綁了頭巾穿圍裙的女人說，「總匯三明治，大杯熱咖啡。」

十分鐘沒講話，葉老大繼續看報，姚巡官悶頭吃三明治，喝掉大半杯咖啡，拍拍肚皮表示吃完了，葉老大也放下報紙，右手食指點著桌面，

「以前沒見過你，老倪說你遇到刑案像狗見到大肉包。拿紙筆記下。」

姚巡官未猶豫，打開筆記本，握住老婆送他的派克鋼筆。這年頭誰用鋼筆，誰一早非看報紙不可，他們停在前個世代的尾巴處，上不上，下不下。爵士樂永恆，迪斯可被遺忘，比吉斯合唱團只剩老大一人，咖啡館有派克鋼筆和報紙。

「羅老董規定嚴格，使用公司車輛得由該單位主管核准，拿簽了名的派車單到停車場，五名公司駕駛早上八點起待命，出完任務回公司向保全科說明去了哪裡，是否途中加油，交加油的發票。保全科兩名小姐鍵入電腦，如筆錄。」

「所以昨天晚上酒駕那輛車可以追出誰開的、幾點開出羅氏企業、車子哪年買的、維修過幾次。」

「對老倪說，向檢察官聲請搜索票，私下去要資料行不通，老董不吃這套，他養了七名律師，絕不乾領薪水。老董去年交棒給兒子，規矩照舊。」

「他兒子是羅伊？」

「富二代，美國學經濟的，西裝講究訂製，喝酒講究年分，講話比大聲。」

喝掉剩下的咖啡，櫃檯後的女人不問就幫他續杯。

「去的時候客氣點，進保全科對科長說明你要的資料。新科長姓簡，也是刑警出身，不會刁難。你坐電腦前，他為你鍵入密碼，羅老董接掌董事長是二十三年前的事，他爸老老羅董直到七十二歲才放手。從那時起，公司每輛公務車的車號、車型、使用多少年、幾時更新、誰用過車，全在電腦裡面。帶隨身碟去，把你要的拷貝了，別說太多與案情相關的事。」

看到抓住羅伊小辮子的機會。

「你帶搜索票去，上面寫清楚調查羅氏企業車輛調度紀錄，別寫哪年哪天，打個混。回去對你們倪大隊長說，新的董事長羅伊心眼小，有仇必報，別讓新任科長難過。逮到肇事者，結案了事，其他的，看著辦。」

他抖抖報紙回到社會新聞版。

不多說，姚巡官買了單，出了咖啡館叩老倪，得由他老人家出面向檢察官請搜索票。

三個小時後他坐在羅氏企業保全科辦公室的電腦前，果然記錄詳盡，昨晚肇事者酒醒了，聽說警察來，已經主動投案，不過姚巡官仍得拷貝出車紀錄作為證據，律師算配合，和簡科長站到門外。當然順便拷貝了二十年前七月五日所有車輛的出勤紀錄，找到敞篷ＢＭＷ，意外發現另一輛車，豐田可樂娜於七月九日，陳沐源死亡的四天後，去了北宜公路一趟，用車時間三個半小時，司機為林本順。

現場！

他揉著眼睛向保全科長與律師謝謝配合偵查，對方打了哈哈，肇事者依法辦理，公司也會處置。

出了羅氏企業坐進警車撥了老倪手機，

「二〇〇三年七月五日上午十點，羅本立，現在的羅伊到保全科拿車，不用司機，當晚十點零七分還車，車況不佳，毀損多處，七月七日由維修廠拖走，七月二十一日賣出。」

「回來說。」

老倪不願在線上講太多，因為他辦公室多了三位律師，表達羅氏企業董事長羅伊對肇事職員的憤怒，已當場開除。對市刑大搜查保全科的電腦紀錄表達不滿，涉嫌侵犯公司隱私。

姚巡官趕回去並未見到律師，律師不善於等候。老倪掛了電話，

「警政署來電關切，老調，不得濫用證據傷及無辜。葉老大也來電話，羅伊下令保全科刪除所有車輛資料，所有喔，而且公司車輛交由董事長室的祕書科統一調度。董事長室喔。」

姚巡官將小指頭大小的隨身碟擱於桌上。

「你都下載了？很好。現場有羅氏的哪些人？」

「保全科長和一位律師，由律師驗證了搜索票，由保全科長打開電腦。」

「都合法？」

「合法，為調查方便，我把羅氏近二十年來所有公務車的檔案全下載了。」

「聽來不錯，重新檢視昨晚肇逃車輛證據。我們有了投案的肇事者，做筆錄當中。有了肇事車輛使用資料，車上行車記錄器更證實犯案經過。很好，肇事者送法辦，結案。」

姚巡官愣住，結案？

「不料，」老倪伸出食指，「從查扣的證物當中，發現另一輛汽車可能涉及他案，市刑大隨即展開調查，因證物經檢察官簽發的搜索票查扣，由羅氏企業律師和保全科主管簽字，證物來源合法。」

鬆口氣，姚巡官癱得坐下，摸出背包內老婆的愛心早餐，已是午餐，夾蛋燒餅早被壓扁，不過愛心沒少半公克。

「別吃了，我替你留了排骨便當，上車，去北宜公路。說，你重回現場想找到什麼？」

「報告長官，二十年了，現場不可能留下證據。」

「廢話，我不早說了。」

「對，我們仍然得去，請多派幾輛警車，掛警示燈，通知新北市和宜蘭縣警局，請坪林分駐所配合，最好鑑識中心也派輛廂型車去，上面噴了台北市刑大字樣。」

「現場其實還是沒證物？」

「沒。」

「搞得像發現什麼？」

「是。」

「嚇某個人尿褲子。」

「可能。」

「惡搞一場至少你很爽。」

「還不夠爽。」

「等你回來，明天約談羅伊。」

「不讓他有喘息機會。」

「我們證物夠嗎？」

「ＢＭＷ出車紀錄、ＢＭＷ送廠整修紀錄、打傷陳沐源的千斤頂、酒後開車，更重要的，我們有證人邱淑美。新發現，二十年前的七月九日，陳沐源死亡四天後，羅氏企業豐田可樂娜的公務車去了北宜公路，司機為林本順。」

「車上還有誰？」

「得問林本順。」

「其他同事去問林本順，你去北宜公路，這樣恐怕仍不夠起訴羅本立。」

「邱淑美願意出面？」

「你去北宜公路，我找邱淑美，記住，殺人罪才可能掐住羅本立要害。」

姚巡官不能不再次收起夾蛋燒餅，領到一個池上便當和一罐養樂多。

「羅本立會預防性反擊，和邱淑美談條件。」

老倪心裡有事，

「難說，畢竟陳沐源死了二十年。不是山路上有位穿白衣的婦人，邱淑美說的，找找看，要坪林分駐所四處打聽，消息自然放出去。」

「我昨天晚上也看到，羅伊離開夜店，白衣女人抱嬰兒站在他停車地方。」

「你跟蹤羅伊？不是叫你回家休息。」

「後來回家休息了。」

「確定看到白衣女人？」

姚巡官點頭，老倪甩下手中厚厚的檔案夾罵，

「見鬼了。」

——＊＊——

這是大中午，姚巡官奉上池上便當請昊法醫陪他探望黃師公，警察找不到白衣婦人，黃師公可以，希望他法力無邊，諸鬼聽命。

「你們說笑話？」黃師公吃著他的魚皮粥，又加了蘿蔔糕。「找鬼作證。」

「酷。」羅曼認為這是好主意。

「別鬧了，二十一世紀，再等幾年滿街機器人，你們居然找鬼。」

昊法醫坐下，叫了廣東粥，打開池上便當。他和黃師公對科學的看法南轅北轍，但吃飯時澱粉配澱粉的搭配方式卻一致。

「我去北宜公路招魂？」黃師公明白了。

「有請黃師公。」姚巡官拿出他珍貴的燒餅夾蛋。

「不好，」羅曼制止他師父，「北宜公路是台灣亡魂最多的地方，需要很多雨漸耳。」

小傑看手機，羅曼說的沒錯，北宜公路全長五十八公里，至少一百多間宮廟，平均一公里兩至三間廟，三至五百公尺就一間。

「師父，你去山上招魂，卯起來招來幾百仙那個字，紙錢燒不完。」

「燒你。」黃阿伯火氣大。

「燒我沒用，我八字重，燃點低，而且七月咧。」

「七月怎樣？」

「七月那個字的門打開，好兄弟滿街跑，驚動他們不好。」

「農曆七月鬼門開，不是陽曆。」小傑起碼有常識。

「你又說那個字，兄弟難長久，從此各分東西。」

小傑懶得理羅曼，鬼鬼鬼，他肚子裡唸個不停。

「你們的問題一樣，姚巡官尋找二十年前出現在北宜公路的白衣女人，抱嬰兒對麼。小傑尋找父親鄭鵬飛死因，昺法醫認為不是自然死亡。我的白目徒弟擔心他媽媽被新收的女兒，羅蕾？手錶的名字？擔心羅蕾出身不明。既不是超渡，又不是安魂，你們要真相，只有一個方法。」

「什麼方法？」

黃阿伯從姚巡官的臉看到小傑的，跳過昺法醫。

「觀落陰。」

百分之八十的台灣人都聽過這個名詞，相信的未必多，但大部分人心存畏懼，少數經歷過的上網分享心得，百分之五十模糊，百分之三十驚悚，百分之二十不知所云，使觀落陰更加神祕。

由有此法力的道士引領，參與的人靈魂出竅，去地府走一遭，心誠與機遇，能見到已過世的親人。台北最有名的是六張犁的無極慈善堂，供奉道教主神三清道祖，第一代宗師李阿進曾因緣際會學得觀落陰法，多次領信徒進入另一世界，稱為觀靈術，主張每個人在靈界均有一座元辰宮，投胎轉世為基本理念，元辰宮記載每一世，包括未來的人生安排。

別的宮廟有其他說法，可以協助觀靈者至地獄進入他腦中念念不忘親友的元辰宮，見到逝者，了解死後情形。

說法甚多，有些學者認為這是催眠術，觀者只是因催眠而進入夢境，與下地府毫無關係。有些則較為聳動，例如觀落陰的手續不完備，元神留在下面回不來，人便精神異常。要是途中撞至仇家，元神被扯住，從此成了喪失意識的活死人。辦理觀落陰的宮廟無不強調他們的收驚過程，以防觀者回不來，也防陰靈附在觀者身上回到人世間。幸好發生意外的次數有限，迄今沒人為此控告過任何宮廟。

觀落陰為近年流行的靈界理論提供助力，人死後與轉世前，中間有個區域名為靈界，道教說這是人在死後四十九天內徘徊的地方，佛教說人死後停在這個地方等待投胎，觀落陰的陰指的是這個中間地區。

「師公的看法呢？」姚巡官表達好奇。

「沒學過這種法術，有位師兄學過，收取的費用一律用在宮廟和慈善事業，一元不取，既然正派，他說的我當然接受。」

「能見到我爸？」小傑臉色發白。

「不敢保證，最後還是得看緣分。」

「我沒辦法參加，」羅曼聲音顫抖，「八字重，下不去。」

「重？下去就上不來，你留在那裡最好，反正八字重。」小傑嗆他。

「我問師兄，請他安排，哪幾位參加？」

沒人舉手，沒人踴躍報名。

鼻法醫一派輕鬆，他推姚巡官，

「你想找北宜公路白衣女人出庭作證，你去參加，旅費我出。善良市民贊助台北市警方，不求回報。」

「風涼話，哈啾哈啾。」姚巡官打了幾個演出來的噴嚏。

「小傑，」黃阿伯轉移目標，「陳沐源典當在你家當鋪，他說出事故真相了嗎？你能和他溝通？要不要參加觀落陰團，到了下面好好質問陳沐源。」

小傑跳起來，

「糟糕，差點忘記。」

小傑朝外跑，羅曼不放過他，兩人穿過巷弄，跑過大街，運氣好，捷運車進站，他們跳進車廂，羅曼吐著氣問：

「你忘記什麼？」

「約好去看陳沐源老婆和他兒子。」

「為什麼？」

「答應陳沐源了。」

「恁伯卡好，別告訴我你和那個字講過話。」

「加減講了幾句。」

「燒過香，拜過千歲爺沒，不要沾上那個。」

「如果沒替他問清楚，大概會沾很久，他很黏人。」

「鄭傑生同學，你藏了不該背叛友情的祕密。陳沐源到底和你哪種關係？」

小傑得好好思考，陳沐源算鄭記當鋪的職員，但沒領薪水。算鄭記當鋪的租客，但沒付房租。再說陳沐源既未領薪水也不用付房租，算志工嘍。

「算鄭記當鋪的長工。」

「古時候替鳥員外打工、卵書生提書包的長工？別唬弄我。」

「真的，他住當鋪地下室的一個保管箱，欠我爺爺二十萬和二十年的利息。看過以前的國片港片沒？賣身葬父，一個概念。」

「他住你家地下室多久？」

「二十年。」

「他看過我？」

「應該吧。」

「小傑，你死定了。」

——＊＊——

新莊的一棟大樓，出捷運站後得經過三間宮廟，許如玉阿姨在電話裡對媽說這幾天她請假沒上班，心情亂，終於找到陳沐源骨骸，得知他下落，可是居然被人撞死，使平靜的情緒再次沸騰，

「天道公理，我要天道公理。」

她對媽吼。

感覺上天道和公理像一對兄弟，城隍廟的范謝將軍、媽姐廟的千里眼和順風耳、《封神演義》的哼哈二將、《水滸傳》的魯智深和武松、昺法醫和姚巡官。說不定他是鄭天道，羅曼是羅公理，就兄弟了。

羅曼很容易轉變情緒，前一秒關注羅蕾，下一秒講張寶琳的事。

「她認可我當師公徒弟，比同年紀的男生酷，其他人不知道未來做什麼，我知道，北台灣第一師公，晝審冤案，夜抓惡——那個字，練出五那個字搬運法術，把你家當鋪的黃金全轉到我帳戶——」

「你詐騙集團喔。」

「少廢屁。你十七歲接當鋪老闆，勉強可以和我比一比，當鋪形象太差，你一敗。我已經是黃師公的徒弟，你明年才繼承當鋪，你二敗。」

小傑想起張寶琳要來參觀當鋪的事，該對羅曼說，他們是天道和公理兄弟。

「張寶琳說——」

「明天還是後天，本來約張寶琳參觀復興里的千歲宮，秀黃師公大弟子的本領，她有事，下週再約，暑假夠長，夠她欲擒故縱。我瞭女生那套。」

張寶琳已經託小月傳來她的帳號，小傑和她上網聊了幾句，她說明天想來當鋪。

「到時你來陪，靠，鄭傑生同學，兄弟有難，喝湯倒火。」

「赴湯蹈火。」

「知啦，故意說成喝湯倒火，幽默吧，我的另一長項是幽默，你人可以，可惜不懂幽默，三敗。」

張寶琳也問了其他有的沒的，她很閒是齁。

「看完宮廟，請她吃飯，拉麵好還是巷口的沙西米？吃一半你有事回當鋪，我和她看電影，有良心建議嗎？」

「建議？」

「電影，看什麼片子。」

「羅曼，上次萬華阿婆說你幾歲開始發育？」

「幹麼？」

「忽然想起。」

「十七歲。」

「你十七歲已經過了大半了。」

「不用你提醒，鄭傑生同學，我如果失控揍你，你死了不准摳我腳心。」

「十七歲還有三、四個月，加油。每天記得喝牛奶，多吃牛肉和水果。」

「你我媽嗎？」

他們坐在客廳，許如玉用兒子同學的態度禮遇他們，可樂、水果。

「陳然去過當鋪？」

「我媽叫我來的原因，她要我告訴妳，」小傑掙扎幾秒，「她夢到陳沐源，陳沐源的靈魂。」

「她夢到？為什麼不是我？我是他老婆。」

「因為我家開當鋪，陳沐源向我爺爺典當，借了二十萬。」

許如玉抓小傑的手，

「他說什麼？陳沐源對你媽說的。」

「想知道你們過得好不好。」

許如玉鬆開手，未如媽預期地流淚，只是口氣平淡地說，

「我們很好。他還說什麼？」

小傑快速將陳沐源說的、姚巡官說的，綜合成陳沐源在車禍中溫和地死亡。

「姚巡官說過，我老公被撞到，姚巡官還沒抓到凶手。鄭傑生，有件事我想問很久了，老是不敢開口，陳沐源到底典當什麼在你們當鋪？」

小傑一時不知該如何回答，羅曼插嘴，

「他把自己當掉了。」
室內氣溫陡降，許如玉難以置信地看著小傑，
「把自己當掉。」
小傑不能不說了，也許老媽叫他來就是為了說出真相。
「二〇〇三年七月五日晚上，陳沐源到我家當鋪，把自己當給我爺爺。」
「怎麼能當自己？」
「我們家的鄭記當鋪，」小傑頓了頓，「什麼都收。」
「收他？」
「陳沐源向我爺爺說妳快生孩子，他怕妳沒有錢用，問我爺爺他可以當多少錢，我爺爺——」
「他怎麼當自己？」
「靈魂。」
許如玉張大嘴，一手摸心臟位置，
「你爺爺鄭原委在七月六日送來二十萬元和當票，沒說什麼原因，陳沐源的靈魂當了二十萬元？」
「他說對不起妳，不聽妳的話，車騎太快，又下雨，他又急著回家。」
淚水爆出她眼眶，來不及擦眼淚，她哭泣地說：

「二十萬元救了我，小然從小身體不好，我們又沒多少存款，二十萬元花在他的營養品和看病上面。不明白鄭原委為何送二十萬元來，原來他當了自己。他沒忘記我和肚子裡的孩子。」

淚水中，許如玉眼神茫然，

「他把自己當了二十萬，今年七月五日到期，今後他會怎樣？」

「流當。說不定留在我家當鋪，說不定到哪裡去，我覺得留在我家當鋪的機率不高，到期的當品大多拍賣。」

「我老公怎麼拍賣？」

「不知道，我爸不久前過世，我是繼承人，未滿十八歲，不能經營。」

許如玉眼中除了淚水，多了光芒，

「我能見他嗎？」

「見不到，他被鎖在我家保險箱。」

「不能放他出來嗎？」

「不能，當票是符咒，他不能違反約定。否則，下場我也不清楚，說過，我還不能經營當鋪，未滿十八歲，連繼承也不行，由我媽監護。」

「叫你媽放了他。」

「也不行，我媽和我爸離婚了，沒有權力決定當鋪的事。」

「你媽夢到陳沐源？」

「陳沐源對我媽和我說的，他的靈魂。」

身後傳來罵聲，陳然回來了，搞不好回來很久了。

「死要錢。」

「就死要錢。」

「不准這樣講，」許如玉哭著起身抱住兒子，「要不是鄭記當鋪，誰肯無緣無故借二十萬給我。那天晚上你爸沒回家，我肚子痛，不知怎麼辦，你阿公要我去斗六，你外公要我回新莊，我對他們說哪裡也不去，我等你爸。還好第二天鄭原委送來二十萬，我誰也不靠，我一個人養你，我要等你爸。」

小傑處境尷尬，他像討債的，真的很羞愧，但媽說過，贖當要付錢，規定。

「你不贖你爸，我贖我老公。」許如玉哭得快喘不過氣。

「來要錢？」陳然不屑地看小傑。

「不是，你爸要我來看你們，他不能來，他想知道你們好不好，我回去對他說你們很好，許阿姨想他，兒子關心他。」

「我管他怎樣？」陳然不領小傑的情。

「你爸耶，」羅曼頂回去，「不是小傑的爸，你爸愛下地獄，愛漂泊當流浪那個字，你家的事。小傑，我們回去，把當票和存根燒掉。」

「不可以。」許如玉擋住門，「我們贖。」

陳然逼近小傑，

「贖當多少錢？」

「二十萬本金，月息三分，二十年，一百四十四萬，合計一百六十四萬。」

「吸血鬼。」

「陳然，當初要不是他家當鋪，我怎麼養你。」

小傑低下頭，

「我家沒有說一定要你們贖當，從不強迫客人贖當，你們不贖也可以，我真的不知道七月五日以後陳沐源會怎樣。」

「沒錢，」陳然對著小傑發飆，「殺我，我去替換我爸。」

「我有。」許如玉攔住兒子，「我贖。」

「又向外公、舅公借？不要，我陳然不向人借錢。」

「不是，你爸生前保了壽險、意外險、醫療險，以前他只是失蹤，保險公司不能付錢，今天拿到死亡證明了。陳然，是你爸自己的錢，他贖回自己。」

**

「不贖當，燒掉當票和存根會怎樣？」

「我爸沒說。」

「你掰半天。」

「剛才想起來我爸說過當票是合約，不能做違反合約的事，合約的條件一切合法，開當鋪就心安理得了。」

車廂內全是輔大女生，放學了。

「羅曼，你念輔大好了，女生多又漂亮。」

「不談女生。沒贖回的話，陳沐源被打進十八層地獄？和撒旦逗陣呷酒？」

「不知，我還沒繼承當鋪。」

「不能當慈善事業？」

「不能，是生意，而且，我爸說，好心要有好報。」

「腦筋打結，我想想。你爺爺借錢給那個字，幫助那個字的家人。想通，全台北只你家當鋪收不值一仙的那個字，就是麼，誰要那個字，留在家裡睡覺睡不好，你家的生意夠搞怪。」

「我爸說大部分人希望別人好事做到底，借錢不用還，殺人得到原諒，Ubike 前半小時免費，久了大家習慣，想做好事的人也不敢借了。」

「開當鋪算好事？」

小傑挺直上半身，

「我們鄭記當鋪的信念。」

「隨便。你收到本金和利息，小傑，你發了。」

「有錢才可以借給下一個人。」

「下一個那個字。」

「我爸說好心有好報，好心才有意義。」

羅曼歪頭又想了一陣子，

「你請我和張寶琳吃飯，你做好事。」

「不對，我請客的話，張寶琳覺得你為什麼不請，不是好事。」

「我請嘍？」

「當然你請，你為人大方，連我也請。」

羅曼靠著椅背抖腳，一名留長髮的女生看他，小傑用力按住羅曼那條抖腳。

「我想通了。」羅曼停止抖腳，「你暗算我，果然開當鋪的不吃虧。」

第六章

刑法一八五條之四交通事故逃逸罪

祖師爺有交代

二〇〇三年　北宜公路

這將是林麗芳第一個孩子，本來在土城工廠打工，剛懷孕時害喜嚴重到聞機油味就嘔吐，撐了幾個月身體挺不住，接受家人建議回坪林休養，「生下孩子坐完月子再找工作，家裡不缺妳賺的兩萬元。」丈夫南熊說的，於是年前辭職。南熊開混凝土攪拌車，這幾年新店建案多，碧潭附近設了攪拌場，騎機車回坪林約三十分鐘，每天上下班，林麗芳因此心情愉快，下午買菜煮飯等老公回來吃晚餐，伴著肚裡孩子，她好久沒有家的幸福感了。

坪林的生活單純，到父母家走路五分鐘，姊姊與姊夫開茶行，騎車也不過十幾分鐘，周圍還有小學、中學同學。鎮上醫師當年接生她，見到林麗芳的大肚子，他拿著聽筒對子宮內的嬰兒說，好吧，我延後退休，等妳出來。

一月八日，她已懷孕八個半月，早已不害喜，一向身體好，過了中午到鎮上買菜，她的胃口超乎想像，胖了十五公斤。懷孕最大好處是不用擔心體重，孕婦不怕胖，怕不夠胖。也是南熊說的。這天她想吃豬腳，和豬販通過電話，替她預留隨時可以去拿。

騎車走了段產業道路，轉上北宜公路，兩三分鐘離開公路就是小鎮中心，她的購物單上包括菠蘿麵包、牛奶、中藥行的珍珠粉，醫師說懷的是女孩，多吃珍珠粉，小寶貝皮膚白，也有安神作用，使初生嬰兒睡得好，減少夜啼。

收音機掛龍頭左邊握把，多聽音樂，女孩將來喜歡唱歌，像張惠妹一樣的好歌喉。音量開得很大，她不戴耳機，而坪林的風大，這些原因可能令她未留意來往搶速度的車輛。

八個半月的肚子快頂到龍頭，本來買的菜放腳前，腳也變粗變腫，南熊幫她在後座綑了紙箱好放東西，這天裡面裝了椪餅，媽要她順路拿給中藥行大姐。

騎上公路時收音機放江蕙的〈家後〉，她跟著唱，正開心，對面車道的重機突然滑倒，朝她翻滾過去。

目擊者，開貨車的茶壺仔看得仔細，因為重機在他前方十公尺，轉過彎道見重機突然向左傾倒，直覺反應是路面打滑，他立刻剎車，看著重機橫過公路撞上對面的機車。他馬上打雙黃燈下車，重機騎士壓在車下，被撞的那輛幾乎連車架也散了。

幾秒鐘後他回過神，才看到路旁樹林前的女人，一大灘血。

叫救護車的是當時路過的菜販，他也停下小貨車，設置警示牌，打電話通知警察。他呼喊茶壺仔幫忙拉出被重機壓住的騎士。

不到五分鐘，坪林分駐所的警員騎車趕到。十一分鐘救護車也到，抬不醒人事的重機騎士上車，醫護人員圍著被撞的女性機車騎士，她側身躺在樹林邊緣，兩腿血泊間不知是什麼。

事後茶壺仔在分駐所喝茶等著做筆錄，聽到警員間的聊天，原來血泊是從婦人體內擠出的嬰兒，那時還在動，在救護車裡僵硬、變紫、死亡。

林麗芳沒保住嬰兒，大腦反應一天比一天微弱，院方對南熊說她可能成為植物人，要有心理準備。每天圍在病房外的林麗芳父母、姊姊與姊夫、台北趕來的小弟、南熊的家人、鄰居、同學，牧師也來過好幾次，南熊一家為基督徒，他們共同祈求耶穌保庇麗芳，不過五月八日她嚥下最後一口氣。

牧師安慰南熊，她太辛苦，讓她走吧。

肇事的重機騎士也重傷，左腿骨折，左臂於滑行時斷裂，雖接了回去，失去百分之七十以上的功能，需要長期復健。他是左撇子。

三個月後康復出院，騎士脫產搬去台中，和林麗芳老公打了半年官司，地院認定當時雨後路滑，騎士亦未喝酒，純屬意外，判處有期徒刑六個月，緩刑三年。林麗芳父母請律師上訴，也再打民事官司，南熊上班，開水泥攪拌車一天來回十多趟，已身心俱疲，官司最後不了了之。

南熊對林麗芳父親說，本來他有妻子，即將有孩子，接到一通電話，妻子、孩子，連家也沒有，沒辦法待在坪林。和岳父、姊夫喝了一夜的酒，第二天收拾行李搬到新竹，科學園區外到處新建大樓的工地，他照樣每天開水泥車來回於同一條路線。五年後，二〇〇八年的農曆春節前死於另一起車禍，當時未開水泥車，深夜，他騎機車返回住處，友人表示他喝了半打啤酒，大家勸他別騎車，他未聽。

偵辦林麗芳車禍案的是台北縣警局，保留相關證物，移交給二〇一〇年改制的新北市警局，保存良好，其中一張照片顯示，出事當天林麗芳身著白色無腰身寬袍、平底鞋。

現場查無首飾或手錶。

二〇二三年

「駕駛動力交通工具肇事，致人死傷而逃逸者，處六個月以上，五年以下有期徒刑。」（民國一〇二年六月十一日修正，提高刑度為一年以上，七年以下有期徒刑。）

——刑法第一八五條之四

「說林麗芳的事幹麼，我不認識，二〇〇三年一月我在美國，可以查我入出境資料。」羅伊不帶情緒地說。

「等你的律師，隨便聊聊。」姚巡官手指間轉著派克鋼筆。

新北市刑大特別空出最大的偵訊室接待羅伊董事長，說大，坐進八、九個人仍嫌擁擠，如今一共八人，羅伊與陪他一同前來的四名律師，警方則有老倪、姚巡官與新北市刑大的大隊長陽介壽。

此案發生地點屬新北市警局管區，涉案者與一干關係人皆住台北市，加上涉案者為社會知名人士，刑事局出面協調，由雙北市刑大成立專案小組，合作調查，召集人為台北市的老倪。

專案小組於七月四日上午發出傳票傳喚羅伊，對方律師來電話溝通，約好這天下午一點，他們認為速戰速決，兩個小時足夠了，絕對全力配合調查，附帶條件，不得洩漏給媒體。律師口氣不好，警告老倪別玩陰的，他們是領薪水領出庭費的律師，不怕打官司。為此新北市刑大的陽介壽布置了空城計，各偵查隊出外辦案，不准留在辦公室，副大隊長中午邀新北市社會記者聯誼，選的餐廳遠在貢寮海邊，吃海鮮。怕記者喝多酒，由新北市警局的公務車在江子翠派出所接人，回程送到捷運板南線的龍山寺站。

羅伊與四名律師坐黑色中型休旅車抵達，警方為免引人注意，引導車子直接開進停車場。律師先下車檢視有無記者，穿整齊西裝的律師以公事包遮掩羅伊進大樓。

陽介壽和羅伊的律師哈啦完即退出，留下老倪與姚巡官，此時羅氏企業聘請的資深刑事律師費老也抵達，他即將滿六十歲，體型肥胖，拒絕等電梯，上氣不接下氣進了偵訊室，拒絕老倪遞去的瓶裝水，他自備菊花茶。

「你們約談我，我來了，趕快說，我三點有個會議。」羅伊顯示耐心有限。
「米蘭達那套，你們說清楚，羅董再回答。」費老抽紙巾抹脖子，熱呀。
「二〇〇三年七月五日下午五點前後，羅伊，原名羅本立，載邱淑美小姐駕車經台九線台北宜蘭段，俗稱北宜公路，回台北，於接近坪林處撞擊前方野狼機車，致使騎士陳沐源落至山邊，邱淑美小姐趕去搶救時，羅伊以重物打擊陳沐源抓住路面求生的左掌，陳沐源因而掉落山谷，為土石流掩埋致死。」
費老為檢察官出身，刑案老手，姚巡官曾上過他的課，應該不記得眾多學生之一且話少的姚重誼。
「太多臆測詞句，什麼叫抓住路面求生的左掌？什麼叫因而掉落山谷？你講了一大堆，我只聽到為土石流掩埋致死。」費老反擊。
「費大律師，我只是簡述案情，不是寫偵查報告。」
「總之，陳沐源剩下骨骸，法醫鑑定出死因了沒？如果沒有，接受你說的為土石流掩埋致死。至於你們控告羅伊肇事傷人，很好，請拿出證據。提醒兩位警官，車禍民事告訴的追訴期為兩年，刑事的過失傷害，追訴期為六個月，都過了追訴期了。你們不是不懂法律，硬扯羅伊有什麼意義。」
「說了，羅伊以重物擊打陳沐源左手掌，這裡是死者骨骸照片，陳沐源為此落崖身亡，殺人罪。」

「不不不，」費老喝他保溫瓶內的茶，「不對，我順你的訊問，反過來說，陳沐源的死因，證據不充分，至多接受你說的，被土石流掩埋而死亡，即使不管是誰用重物打死者手掌，不是致死原因。往前推，我的委託人羅伊承認七月五日載邱淑美小姐回台北，承認那天下午大雨，天候不佳影響視線，經過幾輛機車，卻沒撞任何一輛，更談不上殺人。假設你說的成立，至多過失傷人，路滑撞到機車是不是過失？把人撞倒在山路是不是傷人，怎麼能斷定殺人。姚巡官，我再說一次，過失傷害追訴期六個月，過了十九年半了。沒事找事，我合理懷疑你們惡搞羅伊，其他律師警告過你們，偵查不公開，別含沙射影透露給記者，找個二十年前不成立的案子栽給羅伊，幕後指使者是誰？」

羅伊始終低頭，兩手十指交錯放在小腹。

「費老，陳沐源懸吊在山壁，大雨，土石流，羅伊在現場，未上前救助，陳沐源一手抓著救他的邱淑美左臂，一手抓柏油路面，羅伊打他左手掌等於存心置他於死地，屬於謀殺罪，無追訴期。」

「證據。你們拿出證據。」費老推架在鼻梁上的老花眼鏡。

「羅伊跟在陳沐源機車後，狂按喇叭、閃大燈，撞陳沐源駕駛的野狼機車後車輪，費老，這樣的行為令人髮指。他見陳沐源未讓路，第二次用車頭撞野狼後輪導致野狼落下山路。前後撞兩次，第一次若說意外，第二次就是故意殺人。陳沐源未死，抓著山壁求救，他以重物打陳沐源左掌，再次，故意殺人。陳沐源落下山壁，羅伊駕車逃逸，途中邱淑美下車打電話報警，羅伊強行阻止，警方通報紀錄在這裡，若當時報警，救援人員也許能救起陳沐源，錯失機會，又一次，故意殺人。」

羅伊兩手微微發抖，相互握得更緊。

「過去二十年，羅伊未心生悔意，若非挖出陳沐源骸骨與相關證物，警方紀錄中，陳沐源僅是失蹤。費老，羅伊行徑不只令人髮指，已經違背人性。」

「無罪。過了追訴期的案子，不成立。你們打算怎樣？」

「檢察官趕來這裡的途中，我們建議將羅伊以殺人嫌犯身分羈押禁見，以防羅伊對相關證人施壓，消滅證據。目擊者邱淑美今天上午接到羅伊電話，她一聽是羅伊立即掛斷，向警方報案了。」

「天氣太熱，你們市刑大不換新的變頻冷氣，我們的稅金用到哪裡去了。休息五分鐘，你們總有電扇吧。」費老喊。

不能不同意。老倪拉姚巡官到外面抽菸。

「怎麼樣？」

「羅伊快失控，費老也看出來，故意喊休息，想穩住羅伊情緒。」

「我們堅持羈押禁見。」

「看檢察官的決定。」

「地檢署這次指派小趙，檢察體系叫他小鋼炮，看過我們送去的證物，沒挑剔，你不要求羈押禁見他也會要求，這點不必擔心，倒是證人證物，再想想，有沒有瑕疵。」

他們看著停車棚內一排機車，與其說抽菸，不如說吐，外面三十七度，站二十分鐘能失水虛脫。

「殺人罪，擔心證據不足，頂多肇事逃逸。」

「我們得做最壞打算。」

老倪撳熄香菸，

「肇事逃逸追訴期二十年。」

姚巡官看手機上的時間，

「距離案發的二〇〇三年七月五日下午五點，我們還有二十八個小時。」

「費老一定看穿我們的企圖，拖到過了追訴期。」

「就看趙檢察官的。」

他們斜眼瞄天空，瞄白雲，瞄破損的水泥地面。

「長官，我們昨天在北宜公路擺的場面有效果？」

「封路、警車、台北和新北十幾名刑警，幾個老社會新聞記者嗅出氣味追著我問，我什麼也不說，他們更好奇。今天新北市刑大臨時約記者聯誼，大隊長陽介壽沒去，他們更奇怪。等著看，成不成在天，我們盡力了。你呢？」

「差一步。」

「我再說一遍，羅伊經過北宜公路，沒撞人，沒殺人，即使擦撞到，當時風大雨大，羅伊未察覺，不是刻意逃離現場，更與陳沐源掉下公路死亡無關。你們指控的項目全部過了追訴期。」

休息五分鐘後費老已降了火氣，語氣平和。羅伊老姿勢坐著，兩手仍發抖。

「趙檢察官今天上午問過現場目擊者邱淑美，宜蘭警方問過邱淑美父母。羅伊父親，羅老董事長身體不好，問了他夫人，羅伊的確酒後駕車。請各位坐坐，他向地院申請羈押禁見中。」

「好吧，我們也準備資料，抗告。」

費老向其他律師招手要出去，沒料到羅伊站起身開口了。

「你們憑什麼找我媽。邱淑美那個賤貨，我看不在眼裡，她故意報復。」

兩名律師想制止羅伊說話。

「找我爸呀，我爸呢？他身體好得很，都是他要我回來，用病危通知威脅我，死老頭，我在美國好好的，非要我回來。他的公司愛給誰就給誰，我倒楣，非接不可，我妹呢，我妹夫呢。」

他跌回椅子內，兩手抱頭劇烈顫抖。

「和我無關，沒撞機車，沒用千斤頂打他，他自己掉下去，邱淑美講的全是謊話，看我接班不順眼的人多了。放我出去，」他表情扭曲指著律師，「只知道領薪水，你們吃什麼飯的。為什麼非要我來？要我來就要讓我出去。」

「休息。」費老擋在羅伊前面大喊，「休息。」

羅伊吼叫，四肢有如抽搐，

「我開車經過而已，邱淑美那個賤人，都是我媽非要我相親，都是她和我爸搞出的事情，要抓去抓他們。我在美國那麼多年，非叫我回來，誰要那間老人臭的公司，fire，把他們全fire。誰敢關我，我是美國人！」

「羅伊，」老倪大聲質問，「從頭到尾我們沒說你用哪種重物敲打陳沐源左掌，你承認了。」

他將一疊照片攤在桌面。

「這是被撞的陳沐源機車車牌、肇事車輛ＢＭＷ跑車送廠修理的明細、羅伊用車的公司紀錄，最後一張，羅伊，你說的，凶器千斤頂。」

羅伊沒看照片，兩腿抬起、兩手抱頭整個人縮進椅子裡。

「休息，我喊休息。」費老揮手趕老倪和姚巡官，「叫救護車。」

「恰好隔壁有位醫師。」老倪邊說邊退出偵訊室。

姚巡官立直身體拉了拉腰，面對羅伊，

「羅伊，一開始你說不認識林麗芳，其實你認識，二〇〇三年七月五日下午你駕車經過北宜公路，看到路中央一名白衣女人攔車，她就是林麗芳。」

羅伊發出慘叫。

「之後你還看過她，公司外，夜店前，你看過她幾次。」

「你說什麼？」費老指著姚巡官罵。

「沒事，即使有事也是羅伊、邱淑美和我之間的私事，我們都見過林麗芳。羅伊，你看過她幾次，擺脫不掉她對吧。」

姚巡官將林麗芳死亡現場的照片推到羅伊面前，

「是她，白色衣服，你認得出。二十年前七月五日她站在大雨的北宜公路，懷裡抱著嬰兒。」

「我沒撞她。」羅伊大吼。

「你沒撞她，但你清楚，她是目擊者。」

羅伊滾下椅子，退到角落縮成一團嚎啕大哭。

「看清她懷裡的嬰兒吧？全身是血的嬰兒，她也是目擊者。羅伊，整條北宜公路有數不清的眼睛看著你舉起千斤頂砸向陳沐源抓住地面的手。」

羅伊發出刺耳的尖叫。

「我告你威脅羅伊。」費老不客氣指著姚巡官。

「不會，你不會告，因為你不可能相信公路上攔車的白衣女人，法官不可能相信，沒人會相信。」

姚巡官目光沒離開過羅伊，

「可是羅伊相信。」

——＊＊——

「你不會相信。」小傑對羅曼說。

距離七月五日只剩一天，本來許如玉和陳然贖不贖回陳沐源，小傑不那麼在意，不過智子的堅持要讓小傑明白典當的意義。他和圓框鄭聊了好久，做成兩個決定，羅曼抱著籃球晃來，第一個決定五秒鐘解決。

「不相信啥？」羅曼運著球，對圓框鄭跳投。

「欸，那是我哥，你敢砸他。」小傑不客氣推開羅曼。

「瞭啦。鄭哥，」籃球在圓框鄭前掠過，「我裝樣子而已，別誤會，靠，別放你家當鋪那些字出來，我八字重，他們受不了。」

「你不會相信，」小傑再說一次，「張寶琳說要來參觀我家當鋪。」

「你家當鋪？」

「對呀，」他搶羅曼手中的球運了幾下再被搶回去，「小月對她說我家當鋪歷經四百年，傳到我第九代，她被炫到，炫到頭昏。」

「你讓她參觀？」

「猜我怎樣？」

羅曼運球到對面，球投到王媽媽家牆上彈回來，小傑搶到。

「管你怎樣。」

「我回答不行。」

「為什麼不行？」

羅曼踹小傑屁股，搶回球又往王媽媽家窗戶上面的牆壁投。

「因為羅曼是我兄弟，而我兄弟哈張寶琳，我不方便請她一個人到當鋪。」

「害羞，你 virgin 喔。」

「不是，我對張寶琳說，我兄弟 virgin，揪雞掰。」

羅曼舉起球砸小傑，

「你才雞掰。」

窗戶拉開，王媽媽一向心狠手辣不廢屁，抖了抖手中橡皮管，水柱噴向羅曼再掃向小傑，他們打橄欖球似地衝刺間相互傳球，一路跑到巷尾。

「好啦，你夠意思，我請你吃日本料理，只准蒸蛋和拉麵。」羅曼躺在臺階喘氣。

「還要花壽司。」

「有個祕密，不該告訴你，既然還要花壽司，告訴你。」

小傑也往臺階坐下。這是木製觀景梯，往上三百階，走兩個彎道，樹叢裡有條很窄很窄的小路，他鑽進去好幾次，盡頭處一間小廟，裡面空的，長滿蜘蛛網，好像神明離家出走很久沒回來。

「阿三大姊，腿長的，暑假請我和阿三吃過日本料理，找不到你。」

「不必裝，你們故意忘記我。」

「拍謝，我一直想說。」

「羅曼，暑假過完我們高三了，你離十八歲只剩幾個月。」

「所以呢？」

「這是我們最後一個暑假，明年進大學，到時說不定我在日本。」

「聽懂，請你花壽司。」

「還有一件事，你妹的事。」

「她怎樣。」

「你看，她來了。」

還有一件事晃著蓬蓬裙走進巷子。

「看出來她走路的樣子？」

「胖妹，走得像俄羅斯的套娃娃。」羅曼想到什麼，「她一個人怎麼來，你家當鋪全是那個字，她來探親是怎樣，靠，小傑，你死定了。」

羅曼衝過去，抱起羅蕾，走兩步放棄，牽著她手走過來。

「妳幹麼來，跟老媽說過？我回去被她打出腦漿。」

「我打電話給※404╪小傑哥哥。」

「妳打電話？認識阿拉伯數字？卡好。找小傑做什麼？」

「問小傑哥哥，我◇XYZ％哥哥在哪裡。」

「他說在這裡，妳就來了，認識路，跟老媽說了沒？」

「馬麻¢X99X累，睡沙發上。」

羅曼急得搔頭跳腳，

「死啊，老媽醒來看不到妳，我腦漿被打出來。」

「腦漿已經打出來過了。」

「找我做什麼？」

「小哥陪我玩。」

「我十七歲了，陪小朋友玩，哇咧，差很多。」

「找小傑哥哥 00100# 玩。」

「除了小哥我，誰說話妳都別信，到處是壞人。」

「小傑哥哥不是壞人。」

「妳又知道。」

「小傑哥哥好人，小傑爸爸好人，小傑爺爺好人，小傑曾爺爺好人。」

羅曼蹲下身看羅蕾，

「妳認識小傑爺爺？」

「認識，還認識小傑曾爺爺的＊㊣543▽爸爸。」

小傑牽住羅蕾的手，

「妳還認識誰？」

羅蕾舉起她蓮藕手指圓框鄭，

「他。」

沒有風，圓框鄭貼著牆動也不動。

——＊＊——

要說哪一方不遵守約定，很難判定。當新北市警局將羅伊移送位於土城的新北市地檢署不久，來自各媒體的記者已圍住大門。

費老臭臉找老倪算帳，老倪的回答刀槍不入般周嚴。

「大律師，你清楚陽大隊長費多少氣力支開記者，貢寮請吃海鮮不算，專車接送記者，派五名新北市刑大酒桶應戰，擺平所有記者。壞在你們的汽車。」

「我們的車怎樣？」

「羅氏企業愛用歐洲車，一來三輛，他們得到消息，上網查車牌。」

「錯在我們？」費老火氣又大了。

「不信你問記者，你們公關和記者熟，絕對問得出真相。」

費老年紀雖大，眼神卻鋒利，

「得罪我，不聰明。」

「真的，你問記者。」

陽介壽未隨大隊人馬到地檢署，新北市記者全認得他，不方便，老倪是生面孔，糟糕的是姚巡官，他在坪林分駐所期間認識一位新進記者，二十年後新進記者已經是走路有風的記者聯誼會理事長，他熱情叫姚巡官，

「小姚，多少年不見了？說兩句，羅董出什麼事？」

姚巡官沒回答，老倪低頭，費老惡狠狠看姚巡官。

「我問，你點頭和搖頭。」記者不瞭老倪的身分，倒是認出費老，故意裝不熟。

「你台北市刑警，跑來新北，和你以前坪林經歷有關？」

沒點頭也沒搖頭，他得挺直脖子免得發生令費老不開心的意外。

「二〇〇三年土石流案，聽說台北的髣法醫勘驗骨頭找出線索，凶手是羅董。點頭還搖頭？我不懂的是髣法醫能從骨頭裡找出什麼檢方敢羈押羅董的線索，二十年咧。確定羅董涉案？」

不敢搖頭或點頭，他想露點微笑表示一下，怕費老對微笑產生誤會。

「不回答？你們警車、鑑識車塞滿北宜公路，去野餐喔？連宜蘭記者都聽到消息跑去。說啦，老朋友了。」

記者忽然扭頭朝費老啪地拍了張照片，誰都知道費老不喜歡記者在他沒準備好時拍照，他只讓記者拍頭髮較多的左邊。費老不好意思翻臉，走了，換來另一名羅氏企業律師，年輕，西裝內襯應該找得到標籤。羅伊就任董事長後規定凡代表公司出面與外接洽事務的員工得到指定訂製店做西裝，不准穿成衣。訂製西裝擋在記者鏡頭前面。

「地院傳出消息，案子涉及另一車禍的死者林麗芳？我跑過那條新聞，坪林老一輩在地人說她這二十年來沒離開過，成了冤魂，有些住戶自稱跟她打過招呼。林麗芳和羅董什麼關係？」

姚巡官不能不回應了，

「林麗芳出事，我還沒分發到坪林分駐所。」

羅伊被市刑大約談，發展至移送地檢署，一進去好幾小時，檢方要求羈押的消息上了各大新聞網站。老倪拉姚巡官躲地檢署後面吃便當。外面落起小雨，終於降了溫度，可是潮溼，衣服黏身體分不清是汗是雨水。

「趙檢察官追問羅伊千斤頂的事，羅伊愈支吾愈可疑。」老倪分姚巡官一瓶茶，「你提到的林麗芳，真見過？」

「邱淑美提到。」

「以為她隨便說說。」

「我見到，可能我真見到，可能我當時精神不太好，以為見到。」

「有些事介於真假之間，我也見過。」

「林麗芳？」

「不，我三十多歲的一宗案子，兒子吸毒，虐殺老媽，屍體躺在床上七天，鄰居聞到氣味打電話報警，我第一個到現場，狀況不明不便強行進入民宅，從窗戶往屋裡看，老太太躺床上，看到有點灰有點光的氣體繞在床頭。派出所的人趕到，撞開門進去，那股屍臭味，小姚，聞到一次終生不忘。我看著那團氣體往上升，噗，散了。」

「像嘆氣。」

「不是像，聽得到的嘆氣。」

他們吃池上便當，排骨小了，飯冷了，無所謂，他們為了吃而吃罷了。

老倪打了嗝，

「不是嘆氣，我打嗝，吃飽，滿足。」

「你說的老太太，氣體一下子散了，她見到警察，放下心。」

「法醫說屍體放的屁，釋放體內最後的氣體。」

「哦。」

趙檢察官出來抽菸，老倪與姚巡官起身迎去，

「檢座吃了晚餐了？」

「沒，正好藉機會減肥。」他拍拍腰，「老婆說我再這樣下去，四十歲就三高，少吃一餐，減少大腦對食物分量的記憶。」

「運動吧。」老倪接話。

「你們回家去，沒事了，聲押成功，理由是追訴期到明天晚上，法官聽了覺得合理。費老不服，回去準備抗告狀，明天的事，二十年前的案子，缺少直接證據，設法從車牌、野狼後車輪找肇事車輛的漆、金屬粉末。對了，羅伊不停提到白衣女人，怎麼回事，目擊者？找到人了嗎？」

老倪與姚巡官互看一眼，老倪回答，

「檢座，找不到，找到你也不接受。」

「喔。」

「檢座相信北宜公路抓交替的傳說？」

「呃。你們回去吧。」

趙檢察官又叫住他們，

「坪林關聖宮，有空去上炷香。」

他們從後門離去，車繞到前門，燈火通明，採訪車、轉播車，一輛外送機車超過他們停在快車道，一夥記者圍上去拿食物。所以老倪不能不減速小心繞過機車。

「至少聲押成功。」老倪單手轉方向盤。

「剩下二十一小時。」姚巡官打著呵欠說。

有個男人忘記早晨和老婆的約定，依精神狀況，十瓶紅牛也救不了他。

「林麗芳。」車子鑽出記者群。「後來怎麼樣？」

「法官判定肇事的重機騎士超速，可是撞上林麗芳純屬意外，緩刑。」

「一條命。」

「兩條命。」

「她肚裡的孩子。」

「那就三條命，她老公酒駕被撞死。」

「叫什麼，前幾年流行過。」

「蝴蝶效應。」

「一起車禍擴散的效應超乎想像。」

「林麗芳的爸媽，至少她爸爸，三年後過世，她媽媽搬離坪林到木柵和小兒子住，身體不好。」

「遺忘，偏該遺忘的沒法子說忘就忘，人卡在那裡。」

「誰知道。」

車子往板橋方向，姚巡官指前方的海山捷運站，

「長官放我在那裡下車。」

「搭捷運。」

「你家在萬華，別送我，我們兩人總得有個人早點回家，不然怎麼向老婆交代。」

老倪發出爽朗笑聲。

——＊＊——

羅曼送羅蕾回去，他總算同意小傑的看法，羅蕾進步太多，插在語言裡的不明意義虛字少很多，用羅曼的說法，他妹能聊天了。小傑同意，不過隱隱覺得羅蕾像在追什麼，急躁地追。說不定重回現場能幫助羅蕾克服某種影響她的障礙，但羅曼不准羅

蕾進當鋪，怕引發那個字的騷動。

既是當鋪繼承人，他進地下室設法和陳沐源溝通，萬一許如玉母子不肯贖當，明天晚上得焚化兩塊竹片，陳沐源清楚他的下一站將是哪裡？

地下室氣氛平和，小傑跪在祖師爺神像前點起香，忘記是阿爸還是黃阿伯說燒香是與神鬼交談的管道。點燃香，身後陡然涼得他持香的手不禁痙攣。

「我去看過你太太和兒子，他們很好，許如玉不肯向官府報你死亡，你知道理由，她抱一線希望，不幸希望沒了。我媽認為這樣對她好，抱持希望有時令人絕望，她說不人道。」

他看著煙在祖師爺木然的臉前轉圈子。

「陳然你兒子，看來不錯，雖然大家說他有點叛逆，黃阿伯叫你放心，過了這個掙扎期，陳然應該理解他媽媽的心情。」

小傑看著祖師爺，每個字未經思考即從嘴裡流出，體內出現一股暖流。

「放下心離去，人生走一遭，有懷念，有遺憾，一概拋掉，抱著今世包袱，無法坦然迎接來世。」

恍然大悟，所有流出口中的話不是他說，是祖師爺透過他的嘴說的。小傑閉起眼，任由暖流竄動。

「放不下？二十年？不放下不行，你妻子愛你，愛到今天，過些時間你兒子自然接受你，他們母子相依為命，該做的，身為丈夫和父親，你盡力了。」

冰涼氣團兜著他身體繞，小傑想不通當初爺爺怎麼做成接受陳沐源典當自己的決定，另一條流浪的鬼魂而已，難道鄭記當鋪就是為他們而設立。

「別嫌人生苦，放下吧。」祖師爺說。

小傑被智子叫醒，

「回家睡。」

香滅了，不再感覺暖流與冷氣團。他隨智子上樓，

「明天陳然會來贖當嗎？」

「我哪知道。以前偶爾來，太陰沉，換成我是老闆，先開幾扇窗，二十四小時放爵士樂。你不知道，你爺爺生前放《金剛經》，聽得我一直打瞌睡。從沒喜歡過這個地方。你爸小氣，不肯買檀香，普通香不好聞。」

關燈前他往裡面掃了一眼，一團灰影聚在祖師爺前，二十年來，陳沐源和祖師爺應該處得有些交情，如黃阿伯與里長伯那樣，冬夜一起默默喝杯酒，如昺法醫與姚巡官買一疊蔥油餅回來慢慢嚼。眼睛有點痠，如果陳沐源去另一個世界，祖師爺還照顧他嗎？

另一個世界，現在陳沐源滯留的又是什麼世界？很多層的宇宙，陳沐源躲在它們小

小的交集處，氣溫低，潮溼，沒有食物，家人燒香給他們溫度，燒的金紙表達關懷，那麼他離開交集區，往哪裡去？填志願、抽籤？

小傑鎖了門，智子朝圓框鄭揮手，他們走進巷子，巷口便利店自動門響著鈴聲，廖阿伯牽包尿布的老博美散步，這麼晚，他們誰睡不著？一對至少有駕照的大學生躲在防火巷倚著機車啵來啵去。開 Uber 的章大哥下班了，他得花夜晚剩餘的時間找停車位。誰家的電視聲，女名嘴不知罵誰，音量足以振動玻璃。

媽往後伸出手，完蛋，她以為兒子停在七歲沒長大過。不可違逆老媽，他不能不也伸手過去。老媽的手暖暖的，和十年前同樣溫暖。

快出巷子，小傑沒有緣由地回頭，鄭記當鋪發出金黃色光芒，不是很亮的光芒，像屋內的家人聊天，開了幾盞昏黃的舊式燈泡，他甚至能看穿牆壁，幾條灰色影子晃在櫃檯內外。

第七章

到處是墓仔埔

必須找到目擊者的白衣女人

二〇〇三年　北宜公路

偵辦林麗芳車禍案的是台北縣警局新店分局的蕭警官，車禍後兩小時與鑑識科同仁趕抵現場，坪林分駐所主管對他說明中午起小雨不停，路面溼滑，推測重機騎士超速，轉彎時打滑而摔車。

蕭警官從柏油路面留下深深的胎印，同意分駐所的說法。

被害人林麗芳緊急送去醫院，原地圈了黃色警戒線，一對中年夫婦蹲地面燒紙錢，一名道士在旁邊誦經。上前問訊，是林麗芳的姊姊與姊夫，他們還不敢對父母說，婦人哭得蕭警官趕緊退到一邊，警察未必懂得安慰被害人家屬，他們追查凶手，無法救回感情。

不久傷者林麗芳丈夫南熊騎車趕到，姊夫姊姊更加悲傷，說不出話，坪林鄉長趕來對發呆的南熊說明，孩子走了，小屍體由救護車運走，麗芳也送去醫院。南熊上去燒香叩頭，摸著地面的血漬，很快跳上機車離去。

現場證物有限，卻佐證力充足，重機超速，滑倒的車子撞到對面騎車的林麗芳，法醫至現場初步判定，林麗芳所騎機車被撞，人飛出去，落於樹林時後腦撞上石塊失去知覺，送醫急救。

拍下血跡斑斑的石塊，轉身再拍碎得遍地的兩輛機車。

拍了小屍體當時陳屍處。

拍攝現場與蒐集證物花的時間冗長，北宜公路起了霧，接近黃昏又飄起雨。

接到同事打來電話，南熊至醫院見到昏迷中的妻子，轉去另一病房，把重傷的重機騎士揍了一頓，五名年輕住院醫師聯手才壓制住他。

經急救，騎士恢復心跳，輸了不少血。蕭警官交代守在醫院的同事不得讓閒雜人等進入病房，並替躺在病床靠十多根管線維持生命的騎士戴上安全帽。

喝了分駐所送來的咖啡和車輪餅，蕭警官再接到電話，騎士親友到派出所要警察交出做筆錄中的南熊，從親友車上搜出鋁製球棒兩支、西瓜刀一把，全部以非法攜械現行犯拘留，避免再生事端。

法醫來電話，確認林麗芳後腦遭重擊，胎中嬰兒經急救無效，不幸死亡。血淋淋的嬰兒尚未法定誕生，在警政署做的年度意外死亡人數中，可忽略。

鑑識科同仁完成蒐證，上車撤退前向蕭警官報告，鑑識車先回去，他則走到圈出警戒線的嬰兒死亡地點，接過家屬遞給他的香，誠摯地持香行禮。

那時雨不大，薄薄一片，打在衣服上感覺溼卻不見多溼，霧倒更濃，從樹林內冒出，嚴格說，霧滾出樹林，圓弧狀從樹根部位不聲不響侵入公路。他舉香要插進泥土時，飄在香上的煙後面，似乎扭曲出不遠處一個模糊陰影。他輕聲說：

「好走。」

「難走。」

說話的是原來唸經的道士，正脫下灰色袍子，收起鈴、磬。

「小孩子不肯走。」道士無抑揚頓挫地說。

蕭警官僵立在原地。

道士將物品收進機車後座的袋子裡，跨上車，戴妥安全帽，對帆布不知唸了經文還是單純的告訴，又對蕭警官說了一次：

「不肯走，孩子八個半月，成形了，警官，她飄在附近，找母親哪。」

「找母親？」

「警官，不管你信不信，那位被撞的媽媽，也在附近尋找她的孩子。」

「她在醫院急救。」

「我感應到，說不定是其他——你知道，這是北宜公路。」

道士說完，稍加油門下山去了。

天已黑，蕭警官開車回台北，說也奇怪，一路上居然沒有車輛，有如誤闖進陰暗的產業道路，兩旁盡是愈來愈接近的枝葉。

看到人影，灰濛的人影，一條一條駝著背低著頭，邁大步橫過公路。車子向前，未撞到任何人，前面仍是不斷出現的人影。

蕭警官是在晚上七點見到燈光才找到方向，車停在坪林分駐所前，值勤小警員撐傘出來到車旁問：

「長官有事？」

他不知怎麼進了分駐所，向關公神像上了香，方才心情穩定。

喝著小警員送來的熱茶，他問：

「附近有墓仔埔？」

小警員笑著回答：

「長官，這是北宜公路，到處是墓仔埔。」

小警員請他吃了碗泡麵，蕭警官覺得不宜多問此地是否常發生如鬼打牆、鬼攔路之類的事，畢竟是警官，證據為唯一信仰。大約八點半上車離去。

發動引擎時，小警官從車窗縫塞來一疊紙錢，

「路上撒，長官，大家都這麼說。」

二〇二三年

「古早以前有個叫楊章的人，會點音樂，自我感覺良好。有天半夜路上遇到一名背吉他的高中男生，問男生會彈〈浪子回頭〉嗎？」

「菸一支一支一支咧點，酒一杯一杯一杯咧乾。」小傑哼出來。

「猴死囡仔，去做歌星。男生拿吉他彈得行雲流水，楊章聽得佩服不已，遇到高手了。問男生姓名，男生忽然突出眼珠，伸出幾十公分長的舌頭，楊章嚇昏過去。」

小傑點頭，

「聽懂，阿伯的故事裡，彈吉他的男生是鬼。」

「楊章命大，醒來了心臟仍劇烈跳個不停。他再往前走，又遇到一個背胡琴的老人，楊章想，一定又是鬼，可是鬼攔在路中央，只好硬起頭皮問，阿伯，彈一首來聽聽吧。阿伯彈完，楊章為自己的音樂水平感到慚愧，誠心誇獎阿伯，這時——」

「阿伯露出鬼怪的真面目，楊章嚇死了。」小傑瞭故事發展順序。

「不，」黃阿伯抖著拖鞋裡的腳，「拉胡琴的阿伯正要露出真面目，楊章先掀起臉皮，裡面是滴著血的一塊塊肌肉，眼睛裝彈簧上下晃動。」

「嗯。」

「拉胡琴的阿伯嚇昏了，楊章蓋回臉皮對躺在地上的阿伯罵，安怎，沒見過鬼麼。」

小傑笑得肚皮快破，

「阿伯，原來你也很皮。」

黃阿伯放下腳，

「故事說什麼？」

小傑想了一下，

「到處都是鬼，說不定你我也是鬼。」

「堵到鬼啊——」黃阿伯喜歡於故事後，發表結論。

小傑搶先結論，

「準賭好。」

羅伊的律師費老對羈押提出抗告，法官接受，解除羅伊的羈押。

法官延至晚上九點才做成裁決，顯然經過一番激烈的辯論。法官認為羅伊車禍傷人的肇事逃逸罪已歷經將近二十年，相關證人與證物再有新發展的機會不高，無羈押被告羅伊的必要。

趙檢察官雖以主要證人遭到羅伊威脅為由一再辯護，法官因邱淑美未提出諸如電話錄音等證據而不接受。

敗軍之將難以言勇，他們在地檢署後面抽菸，彷彿那裡能解決所有問題。

「肇事逃逸罪追訴期二十年，法官認可案發為二十年前七月五日的下午五點，我們剩下二十個小時提起告訴，否則白忙一場。」趙檢察官一再捏尖西褲中央熨斗熨出的直線，「另一方法，忽略肇事逃逸，以殺人罪起訴。」

老倪抱著頭，

「所有證物被土石流汙損，找不出羅伊殺人的直接關係，唯一可信的是邱淑美失落的手錶確實出現在陳沐源骸骨附近，錶殼刻了日期與贈送者羅伊之前的名字羅本立，證明邱淑美當時在現場，她目睹羅伊殺人的證詞應當有效。肇事車輛修理細目可以佐證七月五日那天下午車子撞擊陳沐源野狼機車，羅氏企業出車紀錄，當時開車的是羅伊。檢座，反正肇事逃逸和殺人罪相關聯，我們為什麼不乾脆以殺人罪起訴羅伊，省得顧前顧後。」

趙檢察官點燃菸但不抽，三根指頭捏著菸高舉，

「老問題，邱淑美未親眼看見羅伊拿千斤頂打陳沐源左掌，屍骸無法證明陳沐源死於謀殺，法醫驗屍報告寫的只是左手掌三指斷裂，小腿被樹枝插入而骨折。要是頭骨破個洞，頸骨斷了，我們才有戲可唱。」

「可是羅伊承認凶器是千斤頂。」

「目前為止唯一有力的證據，不完美，羅伊的律師可以說羅伊拿千斤頂想救陳沐源，風雨太大，手未握穩，不小心千斤頂砸到陳沐源左手掌。」

「檢座，至少羅伊見死不救。」老倪不服氣。

「倪大隊長，法律的存在是為了懲罰犯過錯的人，獎勵做好事的人不在法律範圍內，警校沒教過？」

「以前有個案例，」姚巡官若有所思，「好像是捐血協會鼓勵大家捐血，提出一個辦法，累積捐血次數到某個標準，以後捐血者出事故需要輸血，優先提供。」

「違反公平原則。」趙檢察官又拉褲子的線條。

「對，捐血中心供應血是為了救人，不能預設條件。」

「有個人垂掛在懸崖邊，你站在安全地方沒伸手去救他，任他掉下去死亡，你只有道德瑕疵，沒有罪。」趙檢察官蹲下身抹起鞋頭。「如果你伸手救他，他還是掉下去，恰好目擊者看到，你很可能成為凶手。」

「碰瓷現象，休管他人瓦上霜。」姚巡官感慨。

「邱淑美的證詞呢？」老倪未放棄。

「可以輔助千斤頂為殺人凶器，有效。」檢察官起身看著恢復晶亮的鞋頭，「殺人，稍有問題，需要更強而有力的證據，讓對方啞口無言。」

他抖抖身子，

「姚巡官，最好的證人是你說的白衣女子，她攔車差點被撞，不久出現在現場，所以她可能看見羅伊開車撞陳沐源的機車，看到羅伊以千斤頂打擊陳沐源左掌，她是第一手目擊證人。」

原本處於沉思的姚巡官嚇一跳，

「檢座，你不會要我找抓交替的女鬼林麗芳出庭作證吧。」

「為什麼不行，你怎麼肯定她是鬼。」

「我去哪裡找？」

「她死在北宜公路，最近出現於羅伊周圍。姚巡官，一旦羅伊獲釋，再逮他接受偵訊就難了。」

黃師公跳進姚巡官腦中，馬上打電話去，他對著手機吼：

「師公，你有什麼符咒能拘鬼到法院當證人嗎？」

黃師公很久以後回了一連串咳嗽聲，菸抽太多了。

**

七月五日，小傑從早忙到晚，羅曼傳訊息來，羅蕾竟然為全家做早餐，羅媽比中了大樂透還高興，里長伯悄悄吩咐兒子去找黃師公問怎麼回事。羅曼不會問他師父，要小傑陪他去宮廟，由小傑開口問。羅曼的理由是尊師重道。

沒膽就沒膽，扯到尊師重道。

小傑臉沒洗便到了羅家，沒變呀，羅蕾仍然胖嘟嘟，頂多六歲的樣子，可是桌上擺了一陶鍋冒熱氣的粥，羅曼逼腸胃還沒清醒的小傑當場嗑光一碗。

「第九代繼承人你煮得出來嗎？她六歲欸，是不是，是不是。」

該怎麼說，就只是白粥，因為燉的時間久，湯汁收得較乾，煮爛的米濃稠而味道清新。小傑覺得要是配顆澆了幾滴醬油的荷包蛋就更棒了，小時候阿嬤常這樣做。爺爺的主張，沒荷包蛋不叫早餐。

羅蕾站在小椅子上，舉著鍋鏟煎蛋之中，羅媽媽兩手護在寶貝女兒腰旁，以免羅蕾站不穩摔下，滿臉幸福笑容。

里長伯掐羅曼的胳膊，

「還不去問你師父。」

好像不能不請黃師公出馬，眼前的畫面實在不夠寫實，昨天話還講不清的小女孩怎麼可能懂得煎蛋和煮粥，她打蛋動作熟練，換成小傑，保證蛋殼蛋液滴得到處都是。

「看到沒，我妹只用一隻手打蛋再下進鍋子，抓離合器換回二檔加速超車，靠，一氣呵成。」

小傑面前又一碗粥，羅媽懷中的羅蕾伸出鍋鏟將一枚荷包蛋放進他碗內，小人半個身子趴在桌面抓到醬油瓶住蛋上滴，

「小傑哥哥吃粥，快點，涼了不好吃。」

小傑愣住，羅曼朝他眨眼眨得快中風。

羅蕾講話已全然沒有虛字，口氣和大人差不多，還知道涼了不好吃。

因此吃下兩碗粥，小傑坐在千歲宮廣場的小吃店前吃第三碗粥時頗為勉強，黃阿伯最愛的魚皮粥。羅曼的待遇比他好，杏仁茶與一根又肥又長的油條。

黃阿伯不說話，專心吃粥的程度幾乎可以和他向神明上香相比。

「粥，講看看。」

羅曼搶著回答，

「她自己找到米，我媽還在睡覺，不知她怎麼會煮。把我們家燒掉怎麼辦，找誰賠，我媽不罵她，猜她罵誰？」

沒人猜。

「讓小傑說。粥，講看看。」黃阿伯嚼起魚皮。

「煮得很濃，魚皮粥的飯粒還一顆顆的，羅蕾煮的看不出一顆顆的，漿糊差不多，可是明明很水。」

「濃又稀，聽嘸。味道。講看看。」

「米的味道，不像魚皮粥的米沒味道。羅蕾煮的，吃到嘴脣黏一起，沒加鹽沒加糖，只有米的味道，熱又不燙，滑進喉嚨和胃，哇，一道暖流。」

「暖屁，燙到我舌頭。」羅曼搧他舌頭。

「不是加了蛋。」黃阿伯沒理他徒弟。

「蛋煎得蛋黃明明全熟，又很嫩，咬下去蛋白脆脆的，蛋黃和粥拌一起，香香的。對，她幫我滴了醬油，本來沒味的粥和本來味道很重的醬油那麼速配。不用肉鬆、醬菜，明明沒味道的粥，變成味道豐富的粥。」

黃阿伯重重放下筷子。

「師父，你發現嘍。」羅曼的頭伸到魚皮粥上，「是不是妖術？」

黃阿伯推開羅曼的臉，

「妹妹的粥被小傑說成那樣，我怎麼吃得下這款魚皮粥。」

千歲宮正殿供奉五府千歲，右廂供奉觀世音菩薩，左廂是值年太歲與文昌帝君。黃阿伯坐在左廂門旁練書法，有人說他練的是唐朝時期的狂草，小傑媽媽智子不同意，以前常說黃師公根本畫符，寫的字毫無規則，談不上藝術性。

這話當然不能讓羅曼聽到，像在黃師公面前說陳松勇壞話，鐵被下毒咒。

黃阿伯畫出另一道符，

「試試這符，元神回歸一處。」

由小傑打電話，羅媽媽去復健診所上班，里長伯去服務里民，羅蕾接的。

「里長家，你好。我是羅蕾。是喔，小傑哥哥和我小哥在一起喲，千歲宮，我家後面，知道。有鑰匙，我會鎖門。」

幾分鐘後，羅蕾跑著進入廣場，和阿三長腿逼死人的大姊不同，小店啦、賣菜的、買菜的目不轉睛看向羅蕾，個個面帶微笑，如果是阿三大姊，大家傾向歪嘴流口水。

她跑上臺階，跑到黃師公桌前，

「我來了，玩什麼？」

羅曼拉長臉，身體退得很遠，羅蕾不客氣，一手握住羅曼的手，

「玩什麼啦。」

黃阿伯拿著符喃喃自語，以迅雷不及掩耳的速度貼在羅蕾天靈蓋。天空沒打雷下冰雹，大地未裂開一道縫鑽出混世大魔王，風一吹，符被吹跑了。

黃阿伯搖搖頭，舉筆寫出一個字，

「妹妹，這是什麼字？」

「難啊。黃阿公，你寫的字好難看，我寫給你看。」

羅蕾甩掉羅曼的手，爬上椅子，握起毛筆一筆一畫寫出「難」。

靠，六歲的羅蕾能成這樣，小傑和羅曼不必活下去了。浪費米的天生廢料。

「誰教妳寫字？」黃阿伯問。

她寫下另一個字，寫。

「我阿爸，他每天上午寫完字才吃早飯。」

「里長？」

「不是，我真正的爸。」

「你爸做什麼的？」

「教書先生。」

黃阿伯停了很久，專心看羅蕾寫字，比唸經更專心。

「你爸叫什麼名字？」

「大家叫他奇先生。」

「下棋的棋？」羅曼搶話。

「不是，我爸說應該唸雞，可是大家習慣唸奇，奇特的奇。」

「不常見的姓氏。」

「阿爸也這樣說，他是舉人，」她看著羅曼，「舉起來的舉。」

黃阿伯的嘴張大到跟注音符號的ㄅ一樣。

小傑覺得事情比想像中的麻煩五萬倍，因為——

「羅曼，你妹認識的字和你認識的，不在同一層次耶。」

「我和她本來就不在同一宇宙，她是那個字。」

黃師公牽著小手繞正殿，

「妳認識祂們嗎？」

「神明，認識。」

從神桌大仙的到小仙的，她唸出所有神明稱號，連桌底下的虎爺也未放過，

「虎爺乖乖坐桌下，小朋友調皮爬進去對祢拜拜。」

進入右廂，牆上掛著一幅字，黃師公問小羅蕾，

「認得上面寫的字嗎？」

她沒說認不認得，倒是唸了出來，未停頓、未間歇一口氣唸完：

「觀音菩薩妙難酬，清淨莊嚴累劫修。朵朵紅蓮安足下，彎彎秋月鎖眉頭。瓶中甘露常遍灑，手內楊枝不計秋。千處祈求千處應，苦海常作渡人舟。」

「懂意思？」

「懂，觀音菩薩救助有難的人，都不休息。」

黃阿伯嘆口氣，對著觀音菩薩佛像說，

「羅曼，聽到沒，做師公不是拿木劍搖銅鈴，好玩，先明白侍候神明的道理，了解神明出身，才五體投地地信服，才會誠心為神明服務。」

砰，羅曼挨了無形掌。

回到正殿，黃阿伯問，

「認識這幾位神明？」

「五府千歲，我爸說我們那裡拜的是張李雷許南，唐時安史之亂睢陽圍城戰死的英雄。黃阿公的千歲宮拜李池吳朱范五位千歲。」

黃阿伯再嘆口氣，

「拜千歲，至少得搞清拜的是誰，為什麼拜。羅曼，跟你妹妹多用功。」

轟，羅曼快被打進地府。羅蕾接下話，

「我爸說五府千歲是抓鬼的神明，厲鬼最怕祂們。」

黃阿伯只咳嗽，羅曼已經擺姿勢準備撞牆去了。

「既然她知道五府千歲抓那個字，她還拜千歲，算那個字嗎？」

小傑學黃師公的嘆氣，拉得很長，

「你以為你妹是那個字，假如你妹真是那個字，你妹敢說鬼，你為什麼還一定要用那個字？」

「我？講那個字不禮貌。」

小傑對羅蕾喊，

「妹，五府千歲抓誰？」

「抓鬼。」鈴鐺般清脆的聲音回覆。

「聽到沒，她說抓鬼。」

「她，她她不，怕怕，那那鬼。」羅曼急得口吃，加了很多虛字。

「所以她不是鬼。」

「鬼叫自己鬼就不是鬼？你是人叫自己人就不是人。」

「羅蕾很好。」黃師公做出結論。

羅蕾被賣蚵仔煎的阿錦帶進店吃東西，他們三人遠遠看著圓乎乎走路搖晃的小女孩。陽光拉長她的人影，並且她未在千歲宮黃師公的五雷天心正法下被炸成焦黑一團，沒有氣化消失。

「師父，我妹怎麼好？」

「不用擔心，她不是鬼。」

「那她是什麼？」

「更傷腦筋的問題。」黃阿伯掉頭回宮廟了。

——＊＊——

智子不傷腦筋，和阿三大姊在李霧咖啡館聊得開心，小傑尷尬地坐中間，不是怕阿三大姊，他不怕女生，可是阿三大姊習慣穿很露的衣服，胸前釦子扣得很低，不然裙子很短，有次羅曼說她沒穿胸罩，小傑看不出來被罵近視眼。這天她穿背心，女人穿吊嘎，太超過。

李霧咖啡館位於隔壁巷子，本來一樓賣包子，去年包子店收了，重新裝潢改成咖啡館，店主當然姓李，至於為什麼叫霧，全復興里霧煞煞。

李霧賣手沖咖啡和手工製作蛋糕，小傑愛水果磅蛋糕，但坐在阿三大姊與老媽旁，老媽沒替他點磅蛋糕，原諒她神經大條，阿三大姊居然把吃一半的起司蛋糕連叉子推到他前面，被羅曼看到八成昏倒，叉子上留了口紅印。

智子做成決定，保留公寓，當鋪暫停營業，阿爸遺留下的有限現金進帳戶定期扣必要的土地稅和水電費，等明年小傑滿十八歲再處理。智子主張鄭記當鋪頂讓出去，留公寓，小傑不敢忤逆，他心裡想兩個地方都留下。

阿三大姊身上有股不同於花香的氣味，一種淡淡的卻能把別人鼻子吸過去的氣味，坐在她旁邊，小傑挨了智子罵，

「妳家阿三多愛乾淨，我家這個，叫你洗澡不洗澡，快長跳蚤了。」

跳蚤不會「長」出來，和人的身體不會長出老虎同樣道理。

「我監護到他十八歲，不過實在不放心，十七歲還顢顢的，ごちゃごちゃ。」

不用不放心，阿爸以前說過，每個父母無不擔心孩子長大能活得好麼，放開就好了。你是我兒子，你有你的世界。阿爸說。可是媽不這麼以為，她主張把孩子管到窒息管到死，她才安心孩子能自己活下去。

她們聊當鋪收入的報稅問題，智子相信稍後將收到許如玉與陳然付的贖當金額約一百六十萬，該怎麼向稅捐單位報稅。阿三大姊說什麼營業稅、綜合所得稅，小傑聽得頭痛，但他好奇老媽怎麼確定人家會來贖，一個無形無體的鬼魂而已，贖回去有什麼用？放家裡拜，很傷腦筋。

贖鬼魂該問黃阿伯，他問阿三大姊的是，

「羅蕾妳知道嗎？」

「知道啊，羅阿姨收養的小女孩。」

「她過完暑假進小學念書，可以嗎？」

「收養要證明，假如不知她親生父母是誰，得有社福單位的證明，在哪裡發現，公告多少天無人領回之類的。小傑不錯，關心同學的妹妹。」

小傑自覺臉紅到腳後跟。

「都沒有證明怎麼辦？」

「趕快去報案，到派出所簽發現流浪兒童的證明，再要社福單位委託羅媽媽照顧的證明，經過一段日子若沒人領回，羅媽媽可以申請正式領養。」

「這麼麻煩？」

「防止誘拐兒童。」

「如果沒有證明？」

「不能進小學，不能領身分證，黑人。不是膚色上的黑人，沒有戶口的非法人民。下星期我問羅媽媽要不要幫她去辦。」

小傑替羅蕾擔心，她進步飛快，說不定是天才兒童，不進學校太可惜。

「不用替羅媽媽操心，我們復興里居民全清楚羅媽媽只差沒去選市議員，一定高票當選，打幾通電話搞定。」

智子看他，疑惑又帶著點嘉許的表情，

「你關心羅蕾？很好，鄭家的人沒錢又短命，還好正義感超過一般人。」

阿三大姊挺智子，

「鄭家當鋪三百年，要不是對客人服務好，信用好，開不到幾十年就垮了，你家三百年。」

三百六十年。小傑沒糾正她，大概阿三大姊身上的香氣迷失了他反應能力。

他突然想到，陳沐源死了二十年，不管去地獄還是天堂不是也要證明嗎？誰給證明？

捨不得阿三大姊的氣味，他仍得離開，衝去當鋪打開電腦找阿爸留下的落落長檔案，二十年前的一定輸進電腦，當票的竹片小，寫的明細有限，依爸的個性，電腦裡說不定留下詳細資料。

找到，二〇〇三年七月五日欄目內這麼寫的：

> 陳沐源，典當新台幣二十萬元，月息三分，期限二十年整。未亡人許如玉於七月六日領到二十萬元，收下當票。父親鄭原委記載如上。

後面一段顯然若干日子後補充的，用的也是標楷體：

> 滿二十年釋歸鬼魂，當先告知祖師爺與地藏王菩薩，免陳沐源淪入劫道，不得轉世。儀式當請黃師公協助處理。

他不打宮廟電話，跑步奔去，黃阿伯已經在收拾經文，

「記得，陳沐源滿二十年了，我晚上去當鋪超渡他。無量壽佛。」

「我要準備什麼？」

「香燭紙錢送行，我去唸經。」

「需要誰在場？」

「死者妻子與兒子，尤其兒子。」

「陳然。」

換搭捷運去新莊，許如玉在家，陳然不在，不知陳然會不會去鄭記當鋪，小傑急著說明，

「許阿姨，非找到陳然不可，有兒子的話，得由兒子贖回，陳沐源走得更放心，更開心。」

一早陳然出門，沒說去哪裡，他對許如玉的叮嚀和關照一向回以：煩。

打電話去陳然學校，系辦公室助教說如果見到面，當轉告陳然。

萬一陳然未來參加贖回儀式呢？陳沐源帶著掛念能走多遠，要是轉頭回來，和神話故事裡那樣，變成厲鬼嗎？

子未免太難過。

小傑必須找到陳然，陳沐源要是變成厲鬼留在鄭記當鋪，身為第九代繼承人，日

——＊＊——

依黃師公指示，姚巡官打了好幾通電話，找死了二十年的林麗芳出庭作證，荒謬，但他沒有其他更好的辦法。

黃師公的說法是此時觀落陰已來不及，見到林麗芳也未必能說服她，不如採用古法，一是取得林麗芳生前經常接觸的或重要的物品，如首飾、貼身衣服，不然掛念的東西。姚巡官打電話至新店分局，他們從證物室找出林麗芳遇害留下又未被家屬領回的嬰兒用奶嘴。

林麗芳姊夫記得奶嘴，那是林麗芳得知懷孕後買的，藉此表達對孩子的期盼。黃師公回覆：

可，是母親與孩子間的聯繫。

最近見過林麗芳是在羅伊去的夜店前，那灘水早已不見，姚巡官顧不得來往行人

的好奇，點了香在那裡拜了幾拜，他默唸：

林麗芳，請務必出庭作證，為同樣被撞死的冤魂討公道。

騎機車鑽小巷躲過下班的車潮，黃師公盤腿坐於五府千歲神桌前，一手拂塵一手磬錘。等他唸完經，姚巡官送上奶嘴。

「我們道家歷代傳授的多是召天兵天將、驅妖鎮鬼符咒，沒找到召喚鬼的，況且林麗芳已遇害二十年，仍停在陰陽兩界之間不肯走，早成為厲鬼，恐怕召喚來，場面不好收拾，約了四位師兄弟助陣。最佳時辰為下午四點四十四分，布置召鬼令在鄭記當鋪。」

「她會去鄭記當鋪？」

「鄭記當鋪是台北第三陰的地方，比福德公墓更陰，鄭家歷代福報，厲鬼去那裡安心。」

他小心揭起地面一張細長黃色符紙，

「召鬼令，第一次用，向千歲爺請示過，應該能發揮神力。」

召鬼令的來源有些歷史，東晉時作家干寶記下一段故事：

長安人劉根在漢成帝，公元前一世紀，進嵩山學道術，遇到高人教他祕訣，能召鬼。潁川太守認為他是妖，逮捕他打算殺了，刑前提出一個饒恕的條件，如果真能叫鬼來，便還他自由。

劉根借來太守的筆硯和紙張寫下符，燒了不久，見五、六名小鬼綁縛兩名囚犯跪在太守面前，一看，竟是太守過世不久的父母。

太守向劉根叩頭請求原諒，相信劉根真有道術，這才收了符咒，鬼釋放了太守父母，隨劉根不知所之。

「劉根召鬼符令傳至後世，我師父保留多年從未用過，」黃師公兩手捧著符紙，「今晚第一次用，效果怎樣不敢講。」

「謝謝師公。」

「請鬼容易送鬼難，鄭家當鋪準備香燭和金紙，你和林麗芳談談看，留著不肯走的鬼，偏執，不容易說服，別說還要出庭作證。林麗芳是女人，死了二十年，死前失去孩子，多痛。既然你要求，唉，姚巡官，你們警察和鬼同款，偏執。」

下午三點零四分，距離追訴期滿尚有一個小時又五十六分鐘。

姚巡官沒想通的是，如果黃師公的法術有效，林麗芳會以什麼形體出現，能說服法官嗎？她如何在證詞上簽字畫押，死了二十年的鬼魂作證，法庭接受？

—— ** ——

下午四點，巷子正熱鬧，買菜回家的女人腳步輕快，忙了一天的業務員拖著鞋跟，小學生踢起路邊空寶特瓶，汽車兜圈子找停車位，路邊計費員騎著無聲電動機車搶著下班前再替市政府撈幾百元收入，叮咚叮咚忙壞了便利店的自動門。阿嬸嬤坐門口藤椅盯著路人，有人和她打招呼也不回應。偏西的陽光從大街對面的高樓縫隙射至巷口，四名穿長袍背木劍的瘦高人影步向鄭記當鋪，掛於牆上的類圓形原木招牌在晒了一天後顯得疲憊，兩側向下垂。六隻小燕子掠過第四臺拉出的纜線，牠們年紀太小，飛行又太困難，一隻不慎撞上沈媽媽陽臺遮光竹簾，幸好反應快，落不到一公尺撲起翅膀飛走，牠們生下來即為了生存。

流浪貓阿雄到了吃飯時間，往日準五點小貨車前必擺妥一碟子水與罐頭，今天牠來早了，未見晚餐，應該等下去，順便感謝送食物的阿姨，不過情況特殊，牠不得不避開踏進巷子殺氣騰騰的四條細長人影，和他們背上的木劍。

智子在地下室講臨別贈言，每個保管箱的門，鐵的、木的、胖的、瘦的，動也不動，如果有個小男生出現喊「哇」，它們大概全脫離鉸鏈掉得一地。

「五點到期，我們提早營業，緊急情況，管鄭家怎麼規定，現在聽我的，沒人來贖的話，鄭記當鋪損失二十年前的二十萬，你愛去哪裡我管不著。說好，不准回來，你了解我個性。」

一團淡淡如果凍的灰色氣體癱在祖師爺神像旁，不清楚的人可能誤會是蜘蛛網、灰塵。明眼人也許看得出包在裡面的惶恐與不安。

「老婆愛你，從沒替你申請過死亡證明書，昨天警察強制辦的，不然你明明屍骨已涼還死不了。兒子二十歲，大學裡念書，功課不錯，有個可愛的小女朋友，這年紀難免叛逆，不過哪個孩子沒經過叛逆期，別看小傑表面上聽我的，心裡呀，抵死不去日本，由不了他，做父母該狠心就得狠心。陳然他不是很喜歡你，從未見過自己父親，有天來個警察敲門，找到你爸了，死了二十年了。換成你我也很難接受，別太在意，正確說法，陳然不知怎麼和你親近。難過，別忘記父子間，天性。如玉把他照顧得很好，瘦了點，胖十公斤更好，我的標準。陳然，他知道你為了幾張保單騎車到宜蘭，傍晚趕著回台北，家庭是他的一切，體會得到你多期待他的誕生。」

傳來某幾個角落的窸窣聲。

「陳然不一定來，如玉出面贖當，你終究回到她懷抱。開心點，躺在牆角像團汽車噴的廢氣。坐好，打起精神，做個健康樂觀的鬼。幾名道士為你超渡，包括千歲宮的黃師公，別嫌煩，人家好心，換成我，一把火燒了當票，掰掰，來生最好不見，我討厭欠錢不還。不計較了，他們鄭家的事。」

陳沐源的鬼魂動了動。

「見不到陳然，不舒服，了解你心情。兒子大了，父母只能站在他們身後鼓掌，人生是他們的了。」

小傑下樓輕聲喊，

「道士來替陳沐源送行了。」

智子兩掌對拍，地下室又響起窸窣。

「很好，等了二十年，陳沐源，一路順風。」

所有的門，鐵門、木門、抽屜門、鉛筆盒門全打開，用力地左右搖擺。

黃阿伯仍然不肯進當鋪，有違他驅鬼的天職吧，鄭記當鋪裡面太多他的天職。小傑領了法旨，進店揭下所有符咒，由黃阿伯燒了。小傑感受得到店內空氣緊張地流動，偉士牌機車的頭燈閃了閃，掛的衣服舞起袖子和裙襬，吊於屋頂的鑰匙串被風吹得發出風鈴般音樂，小傑發現多少年沒上發條的錶也走動了。

提早開門營業，他仰首對圓框鄭說：

「哥，營業時間到了，亮起正常人看不到的燈，管他什麼鬼，進來照顧我們生意的都是好鬼。」

圓框鄭抖了兩下，挺克制的。

五名道士排好陣勢，許如玉來了，果然一個人。

她走進當鋪，站在鐵柵欄的櫃檯前輕聲說：

「贖當。」

小傑想向她要當票，想起，當票早給他了。

敲了敲計算機，

「本金二十萬，二十年利息，本店優惠，以單利計算，一百四十四萬，本利合計一百六十四萬元整。」

一疊疊現金塞進窗口，小傑長到十七歲沒見過如此多的現金，剎那間覺得有錢真好，至少，真爽。

「收到一百六十四萬元整，謝謝惠顧。」

他推出當票與存根的竹片，

「請拿到門口交給師公。」

黃師公與他師兄弟圍著燒金桶唸經，動作類似原住民跳豐年祭舞蹈。姚巡官停下機車，雙手合十站圓框鄭下面觀看。

許如玉舉起兩塊竹片，眼眶紅了。當她將竹片往燒金桶內擲時，陳然來了。

「媽，我來，我是兒子，不管好壞，不管我爸怎樣，我擔。」

陳然接下竹片，對空喊：

「爸，好走，我記得你。」

一股旋風繞著眾人轉，竹片扔進燒金桶內，迸出黃金般的星火。

「你是我爸，放心，媽——你的小玉——有我，不會讓她受到一點委屈。」

旋風轉呀轉，不知誰家種的花被捲進來，花捲成瓣，五名道士唸的經文如溫柔的嘻哈樂圍在他們四周。

小傑依稀見到一張男人臉孔跳躍於旋風當中，有點熟，有點似曾相識，啊，他想到了，

「媽，我們當鋪沒有保全了。」

智子站到兒子身旁，

「當鋪明天打烊，到你滿十八歲，自己看著辦。」

小傑聽到一聲長嘆，比黃阿伯吐得更長，像把體內所有東西吐出來那樣的長嘆。

事情未結束，一股冰冷的風從巷口捲至當鋪，圓框鄭用力撞擊牆壁，姚巡官跳到黃師公面前，他拿出奶嘴，

「師公，她來了，林麗芳來了。」

黃師公與他師兄弟未鬆懈，五把木劍指向金木水火土五個方位，召鬼令飄在黃師

公劍尖。

沒有反應，冷風刮過後氣溫立刻回升，別說鬼，連貓狗也不見。

——＊＊——

智子在店內準備了餐點，她做的花壽司、豆皮壽司，李霧咖啡館賣的五種蛋糕，黃阿伯放下劍引著師兄弟走進來，一下子鄭記當鋪熱鬧起來。

陳然抱著哭不停的母親，智子上前拍了他背心，

「記得你爸爸了，看到你來，你爸走得多快樂。看到沒？」

陳然點頭。

「現在起你幫你爸照顧你媽，有事過來找我們。」

小傑沒吐槽，不是下星期就回日本麼，陳然想找人幫忙，找得到誰。

地震還是什麼，當鋪裡所有東西發出顫抖聲，偉士牌頭燈中邪般閃著光，小傑拿起手機，新聞出來了，地院正式駁回檢察官提出的羈押聲請，羅伊獲釋。記者守在新北市地院前，等羅伊出現。

不僅小傑看到，陳然也看著手機，他對許如玉說：

「媽，在這裡等我。」

他對智子說：

「麻煩照顧我媽一下。」

話未落定，陳然已經往外衝去。

黃阿伯高喊：

「智子和小傑，你們快去追，陳太太有我們。」

智子先出去，小傑被黃阿伯用力推一把也向門外滑去，他未留意，黃阿伯木劍上的召鬼令飛離劍尖，在氣流中打了幾個滾，精準無比地貼在小傑背心。黃阿伯想叫，發不出聲音。

——＊＊——

地院前圍滿記者，費老面對麥克風指責檢察官做事草率，毀了羅伊聲譽，他將於近日就刑法第一二五條與一二八條公務員濫權，具證檢舉。

四點四十七分，羅伊由另兩名律師陪同出現在地院門口，本來其他律師建議走側門以躲開媒體，費老不同意，

「羅董委曲求全進來，非正義凜然出去。」

為此羅伊整理西裝，梳了頭，由女律師幫他鋪了些粉掩去一夜勞累形成的憔悴，

恢復風流倜儻的模樣，在法警引導與律師包圍下走出正門，所有記者立即撲上去，費老滿頭汗水擋住試圖插進羅伊嘴巴的麥克風，

「羅董有問必答，請大家守秩序。」

羅伊站在臺階上從左到右環視一圈，對兩位熟識的記者點點頭，

「我是羅伊，絕未涉及警方指控的二十年前北宜公路車禍案，未涉及任何案子，我一生清白。」

問題爆炸似從各個方向湧來，羅伊捏捏領結，

「二十年前我的確送邱淑美小姐回台北，途經北宜公路，未撞任何機車，也未如檢方說的將人撞下公路還肇事逃逸。」

費老接下話，

「羅董說得夠清楚吧，他和陳沐源案毫無瓜葛，檢警捕風捉影。」

「本報接到讀者訊息，你不但故意撞了機車，連撞兩次，撞機車後輪，導致陳沐源摔下山崖。」一位中年男記者擠近問。

「誰，哪個讀者，想抹黑我的不用躲在暗處，有種面對面說。」羅伊吼。

「是不是連撞兩次，第二次用你汽車頂陳沐源後輪，邱淑美勸阻，你不聽，還自以為是。你殺了陳沐源是不是？」

「我撞那輛破機車幹麼，那天我開ＢＭＷ敞篷跑車，撞機車，我損失的修理費可以

買五輛——」他低聲詢問身邊律師，「買五輛破野狼。不信，明天公開修車發票。」

「網路上說你用千斤頂錘打陳沐源左掌，害他摔下懸崖，你不但見死不救，更落井下石。」女記者拉尖嗓子喊。

「拿證據出來。我只說一次，」羅伊抖動的右手握住同樣抖動的左手，「我沒撞人，他大雨天騎機車跑北宜公路，自己找死怨不了別人。不認識陳沐源，不認識許如玉，和邱淑美早沒有聯絡。如果陳沐源家屬生活困難，找我，羅氏企業長年資助慈善團體。」

「你殺害陳沐源，邱淑美都說了。」記者堆中瘦長的年輕人指著羅伊。

「邱淑美的話能信，我可以去吃狗大便。」羅伊拉開嘴角扁著半張臉笑，「陳沐源的死，我同情，把狗屎往我臉上抹無非想要錢，你們去問陳沐源家人要多少，看我明天心情好不好，搞不好我心情好，多給幾百萬。」

費老打斷羅伊的話，暗示司機與律師推羅伊上車，對記者應付地說：

「檢方沒有直接證據，憑想像硬扯羅董，各位如果還有問題，明天早上我們開記者會。」

「不要臉。」年輕人爆發吼聲。「陳沐源是一條活生生的人命，你以為錢可以遮蓋你下流的行為！」

剛要彎身進車的羅伊又挺起腰，

「律師，律師呢，問他姓名，告他毀謗。」

智子與小傑趕到，看見陳然被法警擋住，羅伊正彎身要進汽車，智子推開前面的記者對羅伊叫：

「看清楚，站你面前的是陳沐源遺腹子陳然，你對他說話呀。」

羅伊終於看了陳然，相機、攝影機沒放過中間隔了好幾個人的涉嫌人與死者兒子，畫面同步傳進網站與電視臺。

「對他道歉。」智子再吼。

「我向你道歉？」羅伊推開法警向前走了幾步，用發抖的聲音說：「說過，你爸爸騎破機車跑北宜公路存心找死，死了認命，看我有錢，賴上我？」

趙檢察官本來不該露臉，外面音量太大，他走出地院看著躁動的記者與激動的羅伊，問老倪：

「那個年輕人是誰？」

一直站門外注意情勢轉變的老倪聳聳肩，

「陳沐源的兒子。小姚，那個女人是？」

姚巡官瞇著眼看人群，

「女人是鄭傑生的母親，她旁邊的是鄭傑生。」

「你提過十七歲繼承當鋪的男生？他們來幹什麼？」老倪抓起手機。

「鄭傑生的爺爺曾經幫助過陳沐源的妻子，陳沐源用自己靈魂典當二十萬元，由當鋪交給許如玉。」

「找你們大隊長。」老倪講手機。「小姚，鬼魂進當鋪的故事只能說給小朋友聽，別拿來當正經事，這裡是新北市地方法院，神鬼讓路。」

「你問我，我說，不問我，對誰也不說，說了我得進精神科接受治療。」姚巡官語氣透著無奈。

「老陽，地院前面不太對勁，光靠法警恐怕控制不住場面，請你們保安警察大隊多派點人來。」

老倪收了手機，

「新北市警察馬上到，姚巡官，你認識陳沐源老婆，認識她兒子吧，上去勸勸，公共場合找羅伊麻煩不合適，那堆律師就怕沒事。」

姚巡官本來想撥許如玉手機，沒撥，他步下臺階打算走進人群，趙檢察官喚住他，

「你們找的白衣女人呢，是不是那個？」

姚巡官嚇一跳，退回臺階高處，順著趙檢察官的指尖往下看，一名模糊但看得出穿白色衣服的女人站在陳沐源兒子身後，手裡抱著裹在小被子裡的什麼看不清的東西。

「嬰孩，」趙檢察官叫，「她抱嬰兒，我看到嬰兒的手伸出被子抓空氣，活的嬰兒。」

老倪往前跳，

「小姚，別讓她跑了。」

他們繞過記者群，奔向陳沐源兒子，姚巡官眼尖，他喊：

「小傑，小傑，攔住她，**白・衣・女・人**。」

小傑看到了，前面是扛攝影機的記者，他擠過去被推回來。想起來，摸出口袋裡的奶嘴舉得高高，他叫：

「這裡，林麗芳，這裡。」

羅伊向前邁一大步，他比陳然高半個頭，比陳然壯起碼二十公斤，居高臨下他瞪著陳然罵：

「你爸死了怎麼樣，就算我撞了他怎麼樣，看看你的錶，過五點了，過了二十年追訴期，想替你爸報仇，腦袋清楚點，你爸死了二十年，肉都爛光，只剩骨頭。」

陳然滿臉通紅，兩個拳頭攢得暴出青筋。

「要錢，姿態低點，」羅伊幾乎貼著陳然的臉孔，「我有的是錢，看我願不願意賞你媽而已。」

半透明體的白衣女人抱著嬰兒貼近陳然——不只貼近，她半個身體沒入陳然背後。老倪看到，

「他有刀。」

姚巡官也看到，不知何時陳然右手多了把短柄短刃的水果刀。他也看到陳然脖子上的筋，看到陳然布滿血絲的兩眼，看到林麗芳潛入陳然體內，看到陳然也變得半透明，像霧面玻璃後面的人，像夜晚瞇起眼睛看到的人。

「攔住他，小傑，快。」

小傑也看到，他握著奶嘴往前撲，差一步，半透明的林麗芳包住陳然，兩人一起向前撞，水果刀筆直插進羅伊胸口。

老倪與姚巡官排開記者與律師，小傑抱住陳然，羅伊站在車門前，低頭解開上裝露出裡面的白襯衫，鮮血於刀柄周圍向外擴散，原來是個花苞，眨眼之間已開成偌大的鮮紅玫瑰。羅伊似乎不相信兩眼看到的畫面，他舉起右手掐住陳然脖子，

「妳追我幹麼，死女人，妳早死透透，抓交替去抓別人。」

他左手也上來，陳然兩手朝前亂揮，白袍林麗芳仍抱著她未出生的嬰兒逐漸侵入羅伊身體。小傑舉起奶嘴，一支麥克風打落奶嘴，小傑沒辦法找奶嘴，他抱著快失去體溫的陳然。

羅伊鬆開掐陳然的兩手，轉而掐住自己脖子，

「滾，滾開。」

那團半透明體鑽進羅伊的白襯衫，鮮血滴至路面，滴落在某個記者的手機鏡面。

羅伊撕開襯衫，一腳踩向陳然，

「去死，**你·和·你·爸·和·你·全·家**。」

第八章

刑法二七三條
義憤殺人罪

誰能和鄭鵬飛聯絡？

黃阿伯坐當鋪前長板凳喘氣，昗法醫收起血壓計，抓起啤酒罐一口氣喝了半罐，顯示他的疲勞。

「血壓一五〇和一一〇，超標到我該送你進醫院。年紀大，心臟不好，不要逞強，看你把小傑家的當鋪整成什麼樣。」

的確，店內重新貼上符咒不說，板凳下、偉士牌車尾、每個櫥櫃兩側，凡能貼符咒的地方一律貼滿，似乎不如此無法顯示黃阿伯對鄭記當鋪的關照。圓框鄭晃動幾下，他不喜歡道士朝他頭頂貼「雨漸耳」，太重，一星期後可能頸椎需要找羅媽媽做復健。想到羅媽媽一手扶病人下巴，一手五爪扣住病人頭頂，喀嚓一聲，皇天在上，圓框鄭受不了這麼大的驚嚇。

不知什麼原因，當智子與小傑去追陳然，當鋪內忽然百物騷動，掛屋頂的鑰匙串發出的聲音由風鈴升級為交響樂，黃阿伯救許如玉至店內，與四名師兄弟擺出青龍白虎陣，各方天兵天將鎮壓整間當鋪，裡面的不能出去，外面的不得進來，堅持好一陣子才挺住。

「幸好陳沐源走了，裡面怨氣太重，所以我從來不喜歡來。」

黃阿伯有氣無力地對昗法醫說，他一夜間唸完記得的所有咒語，唸得口乾舌燥，不過別擔心他的血壓，休息十幾分鐘自然回到標準範圍內。

「拿老人卡了，不用假少年。少抽菸，少喝酒，到醫院做健康檢查，我初步診斷，你的血管不樂觀，心臟跟著不樂觀，大腦當然更不樂觀。老朋友，直說吧，你全身上下唯一令醫師感到樂觀的，眼睛，難以置信你居然沒白內障、黃斑部病變，從不用手機？活在二十一世紀過十八世紀的日子，你有一套。怎麼樣，簽個字，死後捐眼角膜遺愛後人？」

黃阿伯搶回啤酒罐，他一直勸說里長伯喝啤酒有益於通腸，減少腎結石的可能性，也因喝酒促使心跳加快，對血管運行極有幫助。

「我們道家對健康另有看法，輪迴，老子有言，天地所以能長且久者，以其不自生，故能長生。送你一句，知足者富。強行者有志。不失其所者久。死而不亡者壽。生死於我，早就不再重要。」

昺法醫懶得聽大道理，他深夜來鄭記當鋪是姚巡官通知，擔心許如玉送走陳沐源靈魂，一時之間受不了打擊，不料許如玉堅強得很，倒是黃師公氣力不佳，殺敵一千自損七百——或者殺敵七百自損一千？

「怨靈。」黃阿伯打個嗝，氣順多了。「鄭記當鋪怨靈太多太重。」

圓框鄭抖了幾下，落了點灰至黃阿伯灰白頭頂。

「得請千歲出面，替當鋪大掃除。」

其他四名道士坐長板凳周圍地面，昺法醫發現其中奧祕，

「丁香花，老道，丁香花四瓣，你的師兄弟無論隨你去哪裡都站四個方向，像不

像丁香花。」

「你要罵什麼，直說。」

「丁香花代表純真，謙遜。」

「難得聽你說好話。」

「純真和謙遜等於幼稚。」

黃師公心靜止水，上善若水。

本來黃阿伯要送許如玉回家，她不肯，非在鄭記當鋪等陳然。

「我胸口打開了，以前被壓縮得很緊，剛才燒完香，輕鬆多了。」許如玉坐在偉士牌上。

黃阿伯點頭，他替許如玉唸了咒，

「陳沐源走了，妳守他二十年，男女間的感情，再深厚不過如此，他離去，妳得到重生。記住，遺忘不見得是壞事。」

昺法醫替其他四名道士量血壓，大呼小叫，

「你們道士這行業的職業病挺嚴重，血壓全部超標，陳沐源要是還活著，現成拉到五張保單。諸位大師，回去多吃青菜少喝酒，早早睡覺。」

他們這天不可能早早睡覺，智子和小傑神情沮喪地回來。

警方以現行犯收押陳然，被刺傷的羅伊送上救護車至醫院急救，媒體一鬨而散，不過十幾分鐘後又聚攏於急診室外。記者是惹人厭的行業，偏愛壞消息。

做完筆錄，姚巡官開車送智子小傑母子，沿途討論了陳然的罪行該怎麼對許如玉說。決定由姚巡官先開口，他們擔心智子說話太快太直，許如玉一時不易承受，接著小傑說明他怎麼攔阻陳然，最後智子出面安慰。

默契半天，到了許如玉面前完全沒用處，因為許如玉看他們哭喪的表情，不見陳然人影，已然猜出發生什麼事了。

所有人圍坐於當鋪門口，汗水直往下滴，白天太陽狂晒地面十幾個小時，難以消散。

「你親眼看見林麗芳透過陳然抓住羅伊？」道士關心女鬼。

「送哪間醫院，刺中哪裡？」醫師關心傷勢。

「沒關係，請律師幫陳然打官司。」母親的抉擇明智。

「收了你們的贖當金，當鋪規矩，非收不可，不過基於陳沐源幫鄭原委父子保護當鋪年多，我代表鄭記當鋪拿一百萬幫陳然請律師辯護。」智子未詢問第九代繼承人小傑的意見，未成年的繼承人總該還算繼承人吧。

「不用。」許如玉拒絕得更快。「陳然的爸爸替自己兒子打官司，他生前保了人壽險、意外險，保險公司他以前的同事已經急件處理當中，盡快理賠給我，這筆錢夠請律師。」

黃阿伯感慨，

「子為父，父為子，老天自有安排。」

智子感傷，

「果然父子情深，他們沒見過面，命運照樣把他們綁在一起。」

姚巡官理智，

「別急，陳然當眾刺傷羅伊，持械傷人罪證確鑿，沒你們想得那麼容易打官司。而且，萬一羅伊傷重——」

話未說完，昺法醫已高舉他的手機，「小姚，最新消息，醫院剛宣告羅伊死亡。」

姚巡官看手機，

「小傑媽媽，小傑，你們是目擊者，新北市警局請兩位去重做筆錄。」

遠遠傳來喘氣聲，羅曼跑進巷子邊喊：

「鄭傑生，你完蛋了。」

電視播出現場連線新聞，出來講話的是久未露面的羅氏企業老董事長羅平，他七十四歲，先後裝了三次心臟支架，不久前從癌細胞糾纏中勉強脫身，接受多次化療使他變了模樣，兩頰凹陷，戴著毛線帽，七月天。

兩名老員工，總經理與財務長扶著他面對鏡頭，背景是高聳又現代化的二十七層羅氏辦公大樓，他沙啞地說：

「警方陷害，邱淑美誣告，羅伊沒得罪任何人，陳沐源是誰？許如玉是誰？還我兒子！」

姚巡官不作聲，清楚惹火了老董事長，小巡官的他麻煩大了。昺法醫冷著國字臉，身為法醫，羅伊之死，陳然作為凶手，已經是鐵打的證據。

沒有驚慌，許如玉對著手機內的新聞轉播，語氣平和，

「他護衛兒子，我更護衛兒子，跟他拚到底。」

羅曼搞不清狀況，他只替小傑擔心，

「你死定了，我爸看到電視新聞，你被拍進去，你死定了。」

智子抱住許如玉，

「有錢人請幾十名律師打官司，我們窮，可是妳有我，我差點考上律師。」

差點考上執照和律師的差距，以年收入、工作四十年計算，大約新台幣一億五千萬元以上。沒人譏笑智子，她表情嚴肅，根本關公撫長鬚的神情說：

「我和小傑在現場，姚巡官在現場，還有哪位在現場？」

羅曼好像背心癢，右手要舉不舉，智子罵他：

「不是挺你兄弟的時候，你精神支持就好。」

「小傑，羅曼挺你。」

羅曼剛說完，圓框鄭劇烈抖動，羅曼翻譯，

「圓框鄭挺你。」

事不關己的咼法醫說：

「我找同事問實際狀況，盡量調出院方的急救過程報告。」

智子仍摟著許如玉，

「陳然殺人案和法醫鑑定結果無關，重要在現場的目擊證人，我們能調到今天晚上拍地院前的新聞影片嗎？」

「我們可以。」

四名道士站起身，其中一人說：

「媒體我熟。」

另一人補充：

「我們是至少三家電視臺的靈異節目顧問。」

第三人再補充：

「我女兒是主播。」

背劍的道士站在黃師公身後，巷內路燈忽閃忽滅，所有來往車聲消失，靜得能聽見壁虎舔蚊子的口水聲音。

──＊＊──

智子對姚警官、小傑說：

「你們是現場目擊證人，看得明白，聽得清楚，陳然刺羅伊前，你們看到什麼？」

「陳然手裡多了刀子。」小傑說。

「林麗芳鬼魂附在陳然身上。」姚巡官說。

「陳然為什麼有刀，哪種刀。」智子追問。

「水果刀。」姚巡官回答，「證物在新北市刑大。」

「他為什麼帶水果刀？」

小傑陡然彈起身，彈得幾乎撞到頭頂的圓框鄭，

「媽，妳買了李霧咖啡館五種蛋糕，不好分，妳問李霧有沒有生日蛋糕附贈的那種塑膠刀，李霧沒有，他不屑奶油蛋糕，借妳一把水果刀好切磅蛋糕。」

「刀子不是陳然的，也不是他帶去的。」姚巡官明白智子用意，「他正好切蛋糕，急著去地院，順便帶去。」

「不好。」昺法醫嗆，「不是順便帶去，誰沒事跑去地方法院順便帶把刀，他忘記放下刀，無意識情況下帶著刀。」

「果然爲法醫比我懂法律。」姚巡官比讚，「不能向檢察官說林麗芳鬼魂現身現場的事吧。」

「不能。重點不在鬼抓交替，在陳然為何拿出刀刺羅伊。」

「羅伊罵人。」小傑說。

「羅伊罵得陳然滿臉通紅，氣得全身發抖。」姚巡官接話。

「羅伊罵陳然，你爸爸騎破機車跑北宜公路存心找死，死了認命。」

「他還罵你爸死了二十年，就算我撞了他怎麼樣，你爸死了二十年，爛到只剩下骨頭。」

「他罵邱淑美是賤人。」

「他對陳然說我有的是錢，不願意賞你媽而已。」

智子看了姚巡官，看了小傑，表情毫無變化，

「還有呢？」

姚巡官恍然大悟地咧開嘴，

「他說，**你**·**和**·**你**·**爸**·**和**·**你**·**全**·**家**·**去**·**死**。」

「張寶琳約你我去台南玩。」輪到羅曼說。

「等下再說那個。」小傑指責羅曼不該說話也說。

「智子，你們說什麼？」黃阿伯問。

「別吵，聽下去。」昺法醫不讓黃阿伯問。

智子打開手機頁面，不停滑動畫面，

「姚巡官，台灣的殺人罪怎麼判？」

「刑法二七一條，殺人者判死刑、無期徒刑，或者有期徒刑十年以上。」

「我記得還有一條義憤殺人罪。」

「刑法二七三條，當場激於義憤而殺人，七年以下有期徒刑。」姚巡官回，「小傑媽媽，雖然有這條，幾乎沒人引用過，義憤二字很難判定。」

「有了。」智子唸著手機螢幕上的內容，「所謂當場激於義憤而殺人，非祇以被害人先有不正行為已足，且必該行為在客觀上有無可容忍，足以引起公憤之情形，始能適用。陳然父親被殺，涉嫌人羅伊再羞辱死者，特別羞辱死者家人，陳然一時被激怒。」

「想起來，」姚巡官拍著額頭，「以前凡殺人犯出庭，不然由警察拘押到命案現場演出犯行過程，一再發生受害家屬趁機以利器殺傷嫌犯的事，不知哪年開始警政署規定若帶嫌犯至公共場所，一定戴安全帽，穿防彈衣，就是怕受到傷害。我曾親眼見過受害人家屬衝過警察封鎖線，對嫌犯拳打腳踢，後來法院判不起訴處分，就是刑法二七三條的延伸意義。」

智子握住許如玉的手，

「我們一起和羅氏企業打這場官司。」

姚巡官蹲在許如玉面前，

「許小姐，叫陳然認罪，表明受到羅伊刺激才殺傷他。這個官司有得打，打到羅伊撞死陳沐源的每一細節都公諸於世，為陳沐源討回公道。」

許如玉抹抹眼角，點頭。

——＊＊——

夜已深，沒人離開，擔心鄭記當鋪諸鬼爆棚，也擔心陳沐源放不下又回來，不明白內情的鄰居以為他們或坐或立是為了等待黎明。夏天，等待能把台北市區燒到三十八度的那顆太陽。

昺法醫難得請客，凌晨四點多，想大方也無從大方起，巷口便利店自動門叮噹叮噹，小傑和羅曼抱著三明治、飲料、微波食物來回奔波。

「小傑，去不去台南？」

「你去看張寶琳，我去做什麼。」

「張寶琳有塞滿整輛遊覽車的正點女同學。」

「哪種遊覽車？」

「里民一日遊的大型車。」
「聽起來我會比你忙。」
「喂，不要對你說哈囉，你啦咧到法國。說不定你可以幫我帶羅蕾。」
「你變成說不定了？我為什麼要帶羅蕾？」
「聽到我和張寶琳講手機，她要去。」
「太小，你媽的寶貝，她一定不讓羅蕾去。」
羅曼嘆口氣，
「錯，我媽說做哥哥的應該帶她出去玩玩，不然養白目兒子有什麼用。」
「你死了。」
「張寶琳說歡迎我妹去。」
「死不知路。」
「她帶我們去吃台南新開的義大利式冰淇淋。」
「帶你和羅蕾，你死透透了。」
「警告你，如果你不去幫我帶羅蕾，一世恩情從此一筆勾消。」
大家仍聚在當鋪，古早爺爺阿嬷坐門口乘涼那樣。黃阿伯領著許如玉朝四方拜拜。
「黃師公幫許小姐灌注功力，打通任督二脈，附贈上法庭非贏不可的萬能無敵符。」
昇法醫接過食物又伸出手，「找的錢呢？」

「我是警察，不信鬼神理論。」姚巡官將食物分出去。「黃師公說陳沐源在當鋪待了二十年，認識不少過往幽靈，用他為號召，集眾鬼之力對付心術不正的羅伊亡魂。他講鬼最恨不正義的事，很多鬼死在不正義。以上轉述而已，不符合我的信念。」

小傑想到，大聲問智子：

「媽，爸還摳妳的腳？」

「昨晚又摳，我笑個不停，就醒了。」

「笑什麼？」

「癢啊。小孩子別多問。黃師公說他有事想告訴我。」

「一定是他被謀殺的事，爸說了沒？」

「黃師公說陰陽分界，關係親人的事，鬼沒辦法直接說，需要轉一手，解夢人、算命先生之類。黃師公也說有些極陰的地方人鬼可以自由對話，只要鬼主動出現。」

「鄭記當鋪夠陰。」

智子口水噴來，小傑躲過。

「不早對你媽說。鄭記當鋪哪裡最陰？」

「當然是祖師爺那裡，不然幹麼選那裡供奉祂。」

「你爸下次再摳我腳，我叫他去祖師爺那裡等我？」

「妳夢見他這麼多次，講過話沒？」

「沒，而且腳心癢就醒了，沒見到他。」
「糟了。」
黃阿伯做完法事，啃起便利店的微波飯糰，
「啥事？」
小傑快速說了一遍老媽的事，黃阿伯眼神飄得很遠，很久很久，久得快見到陽光才開口，
「小傑，你爸有話對你媽說，可是連夢裡也沒辦法說，難了。找極陰之處確是可行的辦法，不過得有人對你爸約地點。」
「對。」
「有個人去轉告死掉的爸，明天晚上一點十一分在祖師爺那裡見？」
「誰去說？」
「可惜，早知道叫陳沐源帶話給你爸。」
「阿伯，你不早說。」
「小傑，是你不早說。」
小傑抓起燒金桶內燒得只剩一角的竹片衝到巷內大喊：
「陳沐源，回來，我爸的事你一定是目擊者，你回來說清楚！」

天亮了，倒不是亮到不用開燈那種亮，恰好阿嬸嬤撐著拐杖推開門，挪動身體用力坐進藤椅，而是她兒子李叔叔打著呵欠走進巷子，阿嬸嬤罵，又打麻將。天便真的亮了。

陳沐源走了，走得一點鬼影子也未留下。

Novel
N
004

目擊證鬼：神鬼當鋪 2

作　　者｜張國立
封面插畫｜Cola Chen
封面設計｜木木 LIN
內文設計｜葉若蒂
特約主編｜許鈺祥
校　　對｜呂佳真
責任編輯｜黃文慧

出　　版｜晴好出版事業有限公司
總 編 輯｜黃文慧
副總編輯｜鍾宜君
編　　輯｜胡雯琳
行銷企畫｜吳孟蓉
地　　址｜231023 新北市新店區民權路 108-4 號 5 樓
網　　址｜https://www.facebook.com/QinghaoBook
電子信箱｜Qinghaobook@gmail.com
電　　話｜(02)2516-6892　傳真｜(02)2516-6891

發　　行｜遠足文化事業股份有限公司（讀書共和國出版集團）
地　　址｜231023 新北市新店區民權路 108-2 號 9 樓
電　　話｜(02)2218-1417 傳　　真｜(02)2218-1142
電子信箱｜service@bookrep.com.tw
郵政帳號｜19504465（戶名：遠足文化事業股份有限公司）
客服電話｜0800-221-029 團體訂購｜(02)2218-1417 分機 1124
網　　址｜www.bookrep.com.tw
法律顧問｜華洋法律事務所／蘇文生律師
印　　製｜呈靖印刷
初版一刷｜2025 年 2 月
定　　價｜420 元
ISBN｜9786267528648
EISBN(PDF)｜9786267528624
EISBN(EPUB)｜9786267528631

國家圖書館出版品預行編目 (CIP) 資料

目擊證鬼：神鬼當鋪 . 2 / 張國立著 . -- 初版 . -- 新北市：晴好出版事業有限公司出版；新北市：遠足文化事業股份有限公司發行，
2025.02　328 面 ;14.8x21 公分
ISBN 978-626-7528-64-8(平裝)
863.57　　113020856